イングランドを想え

KJ・チャールズ
鷲谷祐実〈訳〉

Think of England

by KJ Charles
translated by Yumi Outani

Monochrome Romance

THINK OF ENGLAND
by K.J.Charles

◎この物語はフィクションです。実在の人物、団体等とは関係ありません。

イングランドを想え

THINK OF ENGLAND

イラスト：スカーレット・ベリ子

ナタリーへ。とても優秀な貴女に。

謝辞

ヘンリー・カーティス卿とククアナの死の宮殿はH・ライダー・ハガードの創造物で、一八八五年の作品「ソロモン王の洞窟」の中に登場する。

アーチーは私（作者）が許可なくカーティス家の家系図に加えた。この程度追加は赦されると思ったので。

TFRグーンズ（銃器に関する助言）とアレクサンドラ・シェリフ（非常に真面目な心理学についての助言）に、感謝を込めて。

第一章

一九〇四年十月

ロンドンからの数時間の列車の旅は、考え事が多すぎて本を読むこともできず、かといって眠るには神経が張りつめている男には、辛いものだった。以前は自分で自動車を駆って出かけただろうが、今ではそれも無理な話だ。

駅には最新型のオースティンが出迎えに来ていた。制服を着た運転手は軍人のような佇まいで車の横に立っていたが、カーティスが近づくとささと近寄り、助手席に乗り込む際にもまとわりつき、秋の夕方の寒さを気遣う毛布を勧めた。カーティスはそれを断った。

「本当に大丈夫ですか？　アームストロング夫人からの指示は――」

「私は身障者ではない」

「もちろんです、カーティス大尉」運転手はキャップに触って敬礼した。

「私は軍人でもない」

「失礼しました、サー」

ピークホルムまでのドライブは長かった。ニューキャッスルの工業地帯を避けて走っていたが、暗い空にたれこめるどす黒い煙が見えた。ほんの数マイルも走ると町を離れ、田舎の平野になった。田園地帯は雑木林に変わり、ペナイン山脈の丘へと登り、やがて寒々と広がる山腹の、曲がりくねった道につながった。

「まだ遠いのか?」カーティスは尋ねた。

「もう少しです、サー」運転手は言った。「あの先にある灯りが見えますか?」

カーティスの目は寒さに瞬きしながら、丘の上の灯りと、その中に暗い建物らしき形を捉えた。「別荘にしては、この辺りは何もないな」

「はい、サー。ヒューバート卿はいつもこうおっしゃるんです。今は何もないが、百年後に来てみたまえ、と」運転手は笑みを浮かべながら言った。カーティスは今回の滞在中に何度もヒューバート卿のこんなウィットを聞くことになるのだろうな、と想像した。

オースティンは、何世紀かしたらピークホルムを囲む素晴らしい森になるのだろう、植林されたばかりの一帯を走り抜け、ようやく立派な新築の屋敷の前にたどり着いた。扉から黄色く明るい灯りがこぼれている。前の道には車の扉を開ける召使いが控えていた。曲げていた膝を伸ばしたカーティスは、苦痛に声をあげそうになるのを堪えた。脚を何度か曲げ伸ばした後、砂利の道に足を着き、コートを受け取ろうと待ち受ける召使いの立つ石段に向かった。

「カーティスさん！」アームストロング夫人が声を上げながら、照明の明るく灯ったホールに入ってきた。夫人のドレスは青を基調とした見事な作りで、むき出しの肩の周りを泡のように覆い、明るい髪色を完璧なまでに際立たせていた。ロンドンでも目立つだろう姿は、こんな片田舎ではますます輝いて見える。「ここにいらっしゃるなんて、なんて素敵なんでしょう。うちまではちょっとした巡礼道のようでしょう？　来てくださって、本当に嬉しいわ」夫人は非公式ながらも魅力的な独特の歓迎スタイルで、両手を差し出して客の手をとった。カーティスが右手を隠して左手を出した際、夫人の顔に心配か同情のような表情が一瞬現れて消えるのが見えた。「私たちの小さなパーティーに来てくださって、感謝します。ヒューバート！」

「ここだよ、お前」ヒューバート卿は夫人の背後の廊下に出てきていた。がっしりとした体格で禿頭（とくとう）の卿は夫人より三十歳以上年上で、ビジネスの評判とは裏腹の、人の良さそうな外見をしていた。「なんとなんと、アーチー・カーティス」ヒューバート卿はカーティスの手にほとんど触れることなく、二人はパントマイムのような握手を交わした。「会えて嬉しいよ。君のあの伯父上は、どうされている？」

「アフリカです、サー」

「なんと、またか？　ヘンリーはいつでも動いていないと気が済まない男だったな、確かに。一緒に学校に行っていた頃も、彼はしょっちゅうハメを外していたよ。たまには会いたいものだな、彼と、あの海軍のご友人にも。未だに二人はつるんでいるのだろう？」

「以前と同じです、サー」ヘンリー・カーティス卿は、末の弟の息子であったアーチーが、生後二ヵ月で孤児になった時から面倒を見てきた。サー・ヘンリーと、無二の親友で隣人でもあるグッド大尉は、二人でアーチーを育てたようなもので、寄宿学校が休みの時には一緒に過ごせるよう、何年もの間、異国への探検の旅の予定を調整してきたのだった。アーチーは、そんな気軽で穏やかな人間関係がごく普通のことだと信じて育ったのだが、今やそれは失われたエデンの園のように思えた。

「何にせよ、ここで君をしっかりもてなして、楽しく過ごしてもらえれば、二人にも来るよう説得してもらえるだろう。君自身はどうなんだ？　怪我については、本当に気の毒だったな」それは社交辞令ではなく、ヒューバート卿は本気で心配している目をしていた。「まったくひどい話だ、不幸な事故だった。君はこんな目に遭うべきではない」

アームストロング夫人がにこやかに微笑みながら遮った。「あなた、カーティスさんは長旅をしてきたばかりなんだから。ディナーまであと一時間。ウェスリーに階上に案内させるわ。東の廊下よ、ウェスリー」夫人はピークホルムの緑の制服を着た召使いを促した。

カーティスは男の後について、わずかに手すりを頼って広い階段を上がりながら、屋敷の内装に目を見張った。ヒューバート卿は裕福な企業家で、十五年程前に自らのこだわりを実現させる形でピークホルムを建てた。当時としては想像を超えるほど近代的（モダン）な構造物で、ラジエーターの温水をすべてのバスルームで使うことができ、自家用の水力発電機で邸宅の隅々までが電気の灯りに照らされていた。こうした贅沢は今やロンドンのホテルでは当たり前になってきたが、これほどまでに整った設備をこんな僻地（へきち）で見るのは、未だに驚嘆に値した。

　長い廊下は黄色く明るい電気ランプに照らされ、ガスの光よりもギラギラした印象を与えたが、その点以外では伝統的なものに見えた。ヒューバート卿の息子は狩猟好きで知られていたが、それは家族の特徴らしく、通路には狐狩りのシーンを描いた油絵の数々が、猛禽類の剝製の入ったガラスケースに挟まれ、飾られていた。剝製はいずれもドラマチックなポーズをとらされていた。鼠を捕らえようとしているのか、羽を折り曲げて前屈みになったフクロウや、攻撃をしかけようとしているかのように枝から乗り出している鷲、ガラスの目でにらみつける鷹。カーティスはそれらを、構造が複雑な屋敷の中での目印として、心に留めた。

「なかなか独特な構造になっているようだな」カーティスは召使いに話しかけた。

「はい、サー」ウェスリーは頷いた。「ここではそれぞれのベッドルームの裏側に使用人用（サービス）の通路が通っているのです。そのおかげで、電気の配線と中央管制の暖房が実現できるのです」技術的な用語を使うのが誇らしい様子だ。「素晴らしいものです、電気とは。操作方法については、ご存知ですか、サー?」廊下の一番奥の部屋の扉を開けながら、ウェスリーは期待のこもった声で言った。

「頼むよ、やって見せてくれ」技術に明るいカーティスは電気に慣れていたが、この案内ツアーが召使いにとって一日のハイライトであることは明白だったので、使用人を呼び出すボタン、照明を点(つ)け天井のファンを動かすスイッチなどの奇跡を、解説させた。この寒い十月の気候と北イングランドという土地から考えると、少なくともファンの必要はないだろう。

部屋の内側の壁には大きな金縁の鏡がベッドの向かい側にかかっていた。カーティスは長旅でくたびれた自分の姿を何気なく見やると、鏡の中でウェスリーと目があった。

「私から申し上げてよろしければ……ピークホルムへようこそ、サー」ウェスリーは目をそらすことなく、鏡の中のカーティスを見ていた。「ご滞在中にできることがあれば遠慮なくおっしゃってください、サー。従者はお連れではない、ですね？」

「いない」カーティスは鏡から振り返った。

「それでは、私がお世話いたしましょうか？」

「いや結構、ありがとう。後で荷物をほどいておいてくれ。それ以外は用があれば呼び出す」

「是非お呼びください、サー」ウェスリーはカーティスの差し出した一シリングを受け取ったが、立ち去るのをためらった。「他に何かお役に立てることは……？」

いったいなぜ出て行かないのか、チップは十分なはずなのに、とカーティスは訝(いぶか)しんだ。

「今は結構」

「かしこまりました、カーティスさま」

ウェスリーが出て行くと、カーティスはどっしりとベッドに腰を下ろし、食事のために着替えて他の客と顔を合わせる前に、息をついた。

本当にやり遂げることができるのか、わからなかった。一体ここで何をしているんだ、のこのこやってきて？　自分に何ができると思ったんだ？

昔はこうした屋敷でのパーティーを、軍の配属地と配属地の合間の、稀有な娯楽とくつろぎのオアシスとして楽しんだものだった。一年半前に戦争から退いてからは、殻に閉じこもっていてはダメだ、社会に参加して人の輪に入りなさいという人々に急き立てられ、三回ほど参加した。参加する度にパーティーはどんどん不毛に感じられ、快楽の享受が人生のすべてだという人々が気ままに振る舞う姿は、心にむなしく映った。

いかにばかばかしいと思われるような目的であろうと、少なくともこのパーティーに参加したのには理由がある。

右手から黒い革手袋をはぎとって、親指と人差し指を動かした。以前先にその他の指のあった関節を覆う傷跡は、固くなっていた。数分の間、軟膏を塗り付けながら、これからやるべき仕事について考えを巡らせた後、傷ついた醜い肉を隠すための手袋をはめ直し、夕食の身支度を始めた。

大した作業ではなかったが、もしかするとあのウェスリーを残した方が無難だったかもしれない。とはいえ、十八ヵ月の間で、少ない本数の指でスタッズやボタンをとめるのにも慣れていたし、自分で服を身に着けることで独立心を保つためにかける時間は、健常だった頃に比べてほんの三倍ほどだ。

白いピケのチョッキの位置を合わせ、襟先を満足いくように整えた。放っておくと波打ってしまう太いブロンドの髪に少しポマードをなすりつけて、準備を終えた。

鏡の中の自分を吟味する。紳士然とした装いだった。アフリカの太陽に焼けた肌とその立ち姿は、まだ兵士の風采だ。スパイにも、コソ泥にも、嘘つきにも見えなかった。そして、残念ながら、自分でもそんな風には思えなかった。

応接間に集まった客はカーティスが最後で、アームストロング夫人は手を叩いて注目を集めた。「皆様、今回最後のゲストをご紹介します。アーチー・カーティスさん。ヘンリー・カーティス卿の甥御さんですのよ、あの探検家の」ざわめきが起きた。これまでの人生で、常に同じような紹介に慣れているカーティスは、諦めたように微笑んだ。二十五年前、伯父がその富を築いたアフリカでの冒険譚は、未だに世間の大きな興味の対象なのだ。

「それでは、皆さんをご紹介しなくてはいけませんね」夫人は続けた。「こちらは、カルース嬢とマートン嬢」カルース嬢は二十代前半の活き活きとした女性で、華やかなドレスに身を包み、青みがかった焦げ茶の瞳をきらきらさせていた。マートン嬢はその付き添いと見え、年は一、二歳上、服装も控えめで注意深い表情をしていたが、無難な挨拶の言葉をつぶやいた。

「ハルから見えた、ケストン・グレイリング氏とそのご夫人」夫婦がにっこりと挨拶するのを見て、田舎の富豪だな、とカーティスは思った。高価な服装をしていても洗練さに欠けるグレイリング氏はどちらかというと不格好な男で、二重あごになりかけていた。グレイリング夫人は、カーティスから見るとサイズがきつく胸元が出過ぎているドレスを着ていた。昔ながらの、田舎の別荘でのちょっとした冒険を楽しむご婦人だろうか、と想像した。

「私の兄のジョン・ランブドンと、その夫人」この夫婦では、夫の方が寝室を行き来するタイプに見えた。ランブドン氏は妹と同じく印象的な美貌で、カーティスには及ばないものの、がっしりとした体格の持ち主だった。ランブドン夫人はその横に立つ青白い存在で、やせた髪とひょろっとした腕で、プロの頭痛持ちのように見えた。

「ヒューバートの息子のジェームス」カーティスはこの息子がヒューバート卿の最初の結婚の成果であることを知っていた。二十代後半に見える青年は、現アームストロング夫人のほんの五歳ほど年下でしかない。にこやかな幅広の顔は、屋外での活動によって荒れた様子で、あまり頭がよさそうではなかった。

「カーティス、会えて嬉しいよ」ジェームス・アームストロングは手を差し出した。カーティスは右手を伸ばしたが、青年がその手を強く握ると、顔をしかめた。

「もう、言ったはずでしょ」アームストロング夫人がとがめるように言った。

「ああそうか、ごめんなさいお義母(かあ)様」アームストロングは夫人に軽く笑いかけて謝罪すると、カーティスの方に向いた。「完全に頭から抜け落ちてたよ、悪い」

「ピーター・ホルトさん。ジェームスの仲の良いお友達」夫人が示した男はとても印象的だった。六フィート二インチ（約百九十センチ）のカーティスに匹敵する背格好で、力強い肩と、最低でも一度は折れたことのある鼻の持ち主で、ボクサーのような風貌だった。明るく鋭い薄茶の目は、強さと共に知性を感じさせ、カーティスの手を握る力はしっかりしていたが、余計な圧力はかかっていなかった。自分の筋肉の使い方を心得ている男だ。

印象的だな、とカーティスは思い、記憶を呼び起こすように顔をしかめた。「君はオックスフォードにいたか？」

ホルトは、覚えられていたことを喜び、微笑んだ。「キーブル・カレッジだ。あなたより二年ほど下の代だが」

「ホルトさんもボクシングで優勝されているのよ」夫人が付け加えた。

「もちろんそうだ。確か……フェントンズで見たかな？」

「そう、ブロード通りのね。僕はあなたのレベルにはとても及ばなかったが」ホルトはにこやかな率直さで認めた。「あなたとギリアムとの対戦を見たよ。素晴らしい試合だった」

カーティスは懐かしさに笑顔を見せた。「人生で一番苦しい闘いだったよ」

「二人とも、ボクシングの話は私がご紹介を終えたら存分にしてちょうだい」アームストロング夫人が遮った。「カーティスさん、こちらはダ・シルヴァさん」

カーティスは紹介された紳士をひと目見て、これほど嫌悪すべき人間はいない、とその場で決め込んだ。

男はカーティスと同じくらいの年齢で、背の高さは数インチ低いだけの六フィートに近かったが、体格面ではまったく比較にならなかった。すらりとした柳のような風体で、端の端までオイルの塗られた黒い髪は滑らかでつやつやしており、瞳はその色の濃さで黒目と瞳孔の区別がつかなかった。白いシャツから覗く肌はオリーブ色をしている。実際、外国人であることは、一目瞭然だった。

外国人のしゃれ男だ。なぜならば、着ている白いシャツは完璧で、燕尾服と先細のズボンはピッタリの寸法で作られたものである一方、男は巨大な緑色のガラスの指輪を嵌めており、さらにおぞましくもボタンに派手な緑の花を飾っているのだ。

男は数歩近づき、その動きでカーティスは相手が何かくねるような動きを好むことを認識したが、差し出された手はあまりに非力で、動物の死体に触った時のように手を放す衝動を抑えるのに苦労した。

「お会いできて光栄」ダ・シルヴァはものうげに言った。意外なことに、そのアクセントは知識階級のイギリス人のものだった。「軍隊出身の紳士でボクサーとは、なんと素敵なことでしょう。我が国の勇猛なる男子諸君と過ごすのはいつだって楽しい」カーティスに向かってにこりと笑みを浮かべると、ダ・シルヴァは腰をひねってアームストロング夫人とその場を離れ、そのままパーティーは小さなグループに分かれた。

「それで、あの男は何者だ？」カーティスは静かに尋ねた。

「気色の悪い南方野郎（ダゴ）さ」決して静かではない声でジェームスが言った。「ソフィーがどうやってあの男に耐えられるのか、まったく理解できない」

「あら、あの方ものすごく面白いのよ、それに頭もいい」可愛らしいカルース嬢がカーティスに微笑みかけた。「名前を覚えきれなかったでしょうから、もう一度。私はフェネッラ・カルース。アームストロング家とはどんな関わりなの？　伯父さまを通じて？　素晴らしい方だというお話ですわね」

　ヘンリー卿の話から、ピークホルム屋敷の電話交換機を設計したというカルース嬢の実業家の父親の話など、夕食に呼ばれるまで世間話をして過ごした。カーティスのディナーの席はそのカルース嬢とさえない顔色のランブドン夫人の間で、オックスフォードで同門のホルトはカルース嬢のもう片側に座った。華やかな若い令嬢は、決して礼儀正しさの枠を外れない程度に軽妙な会話を楽しみ、ホルトは軽薄なコメントを返していた。ホルトはカルース嬢への興味を隠そうとせず、彼女も思わせぶりな返事をしていたが、向かい側に座ったジェームス・アームストロングやカーティスを巧妙に会話に巻き込んで、男たちを競わせようとしているかのようだった。複数の求愛者にくどかせるのが楽しいのだろう。

　カーティスはその仲間に入る気持ちにはなれなかった。伯父のモーリスがここにいたら、そのやる気のなさにさぞ落胆したことだろう。カルース嬢は可愛らしく、楽しく、そして裕福な若い女性で、身を固めない理由のなくなったカーティスが、まさに追い求めるべき相手だった。しかし、他の二人の男の間に割って入る気は起きなかったし、実際カーティスはこうした気の利いた素早い会話の応酬が苦手で、女性の気を引く冗談を言うような才能もなかったから、参加したくてもできないのだった。場に合わせるためにそれらしい言葉を二、三吐き出したが、不自由な手を使っての食事と、周囲の人間たちを観察することに集中した。

それは田舎の別荘でのパーティーに集まるよくある一団のように思えた。グレイリングとランブドンの両夫妻はごく普通に見えた。二人の若い独身女性にはとても好感が持てた。ジェームス・アームストロングとピーター・ホルトはよくいるタイプの今どきの若者で、ジェームスはより裕福、ホルトはより頭がよかった。グループの中で異質さの際立つダ・シルヴァは、キノコのように社交界に発生する奇異なタイプで、ブルームズベリ辺りを根城とし、なよなよとして芸術的、カーティスのようなビクトリア朝の伝統を重んじる魂にとっては、面食らうほどモダンだった。とはいえ、アームストロング夫人が彼をパーティーに呼んだ理由はすぐさま理解できた。信じがたいほど頭の回転が速く、そのウィットに富んだ鋭い発言で、夕食の間何度も笑いの渦が起きた。かと言って、カーティスの男に対する意見が変わるわけではなかった。オックスフォードで三年間避けて過ごした、悪意のある言葉とわけ知り顔で笑う、あの毒に満ちたデカダンな輩（やから）と同じだ。それはそれとして、面白い男であることは認めざるを得なかった。ホルトの笑いはしかし、おざなりのようだった。ダ・シルヴァの軽妙さに、カルース嬢の関心を奪われてしまうことを嫌ったのかもしれない。ライバルになる心配をする必要はまったくないだろうに、とカーティスは思った。

ヒューバート卿と同年代は誰一人いなかった。夫人は自身の年代のゲストばかりを屋敷に集めていた。夫は若者に囲まれることで自分もより若く感じることができるのかもしれない。ほとんど口を開かないのでその本心は計れなかったが、卿は満足げに客を見渡し、やがて婦人たちがテーブルを去り、ポート酒が注がれるまで、談笑が続いた。

「カーティス、君は」グレイリングがデキャンタを渡しながら言った。「戦争に行っていたというのは本当か？」

「はい」

「それは負傷か？」手を示しながら尋ねた。

カーティスは頷いた。「ジェイコブスダールで」

「それは、戦闘かね？」グレイリングはすっかりワインに酔ったようで、何とか知的な質問で隠そうとしている様子だった。

「いえ、戦闘ではなく」カーティスは、人差し指と親指でデキャンタの首をつかみ、左手を底に沿えて重さを支えながら、ポート酒を注いだ。

「そうだ、確か何か、サボタージュの事件だったな」

「真相は明らかにならなかった」ヒューバート卿の言葉は、この話を終わらせようとする調子で発せられた。

　カーティスはそれを無視した。この話はしたくなかったし考えるのも嫌だったが、ここに来たのはそのためで、ヒューバート卿がこの話題を避けようとしているのであればなおさら、話す機会は今後ないかもしれない。「私の中隊は、応援部隊を待つためにジェイコブスダールにいた。そこに、待ちに待っていた補給物資が届いた」

「戦争中の物資補給は実に困難だった」ランブドンは新聞を読んでいる人間の権威をもって言った。

「ブーツを待っていたのだが、届いたのは銃だった。新しいタイプの。ラファイエット社製だった。もちろん、補給物資は何でも喜ばれる。待ち時間はまだ数日あったし、新しい武器と弾薬が手に入ったのであれば、扱いに慣れておこうということになった。皆で武器を分け合って、試し撃ちのために野に広がった」

　そこで話を止め、喉が急にきつくなるのを、ポートを一口飲むことでごまかした。こんなに時間が経っても、まだ匂いを感じる。アフリカの熱く乾いた土、コルダイト、そして血の香り。

「その銃が皆、不良品だったのだ」ヒューバート卿は明らかにこの話題を終わらせたがっていた。

「それは正しい表現ではありません、サー。銃は私たちの手の中で爆発した。そこら中で爆発が起きた」カーティスはほんの少しだけ手袋をはめた右手を上げた。

「私は、持っていたリボルバーの銃床が爆発して指を三本失った。隣にいた男は――」フィッシャー中尉、二年間テント暮らしを共にした赤毛のにこやかなスコットランド人は、膝を付き、口を開き、手首から先を無くして、噴き出る血に目を見張っていた。すぐそこで死にかけている相手に、カーティスは手を差し伸べようとしたが、触れようにも触れられなかった。自らの血まみれの手の残骸から流れ出る血を、必死で押さえていたからだ。

そこまでは話せなかった。「呪われた事件だった。私の中隊は、二分間の射撃練習で、その前の半年の戦争と同じだけの人数を失った」その場で七人が死んだ。野戦病院でさらに三人。その後、二人が自殺した。三人が失明。醜い傷跡と切断された手足。「箱の中のすべての銃に致命的欠陥があった」

「普通では考えられないほど致命的、か」ダ・シルヴァがつぶやいた。

ランブドンが尋ねた。「ラファイエット社の責任は立証されたのかね、ヒューバート？」

「調査結果は証拠不十分だった」ヒューバート卿はカーティスが話している間、いやそうな顔をしながらも特に顔色を変えなかった。「もちろん、製造過程に問題があり、薬室の壁が考えられないほど弱かったのだが、事故であるということ以外の結論は出なかった。私自身もそう思っている。ラファイエットが費用削減に必死だったことは同業者の誰もが知っている。いつも何とかして数ペニーでも浮かせようとしていた。たぶん少し行き過ぎてしまったのだろう」

ジェームス・アームストロングは知った風な顔をして発言した。「でもお父様は確か、彼の主義主張を嫌っていたよね。ラファイエットは戦争に反対している、と言って」

　ヒューバート卿は息子を睨んだ。「何も悪い証拠は見つからなかったし、奴は死んだ」

「死んだ？　一体何があったんだ？」グレイリングが訊いた。

「二週間ほど前、テムズ河に浮かんだんだよ」重たい調子で、ヒューバート卿は言った。「足を滑らせて落ちてしまったのだろう」

　ジェームスは懐疑的な音を発した。「どうしてそうなったか決まってるさ。罪の意識だよ、僕に言わせれば」

　ヒューバート卿は眉をひそめた。「この話はもういい。ジョン、この間のレースでグッドウッドに行ったかね？」

　ランブドンが答えると、話題はスポーツへと移り、それぞれが好みの活動について意見を言い合った。カーティスはホルトと共通のボクシングの知り合いが何人かいて、懐かしい話題にリラックスして、最近の記憶を脇へ追いやった。他のメンバーは射撃とクリケットについて話していた。ダ・シルヴァは話題に加わらず、礼儀正しさを崩さずにいたが、いかにも退屈だという微笑を浮かべ、本当はアブサンの方が好ましいのにといった風情で、最上級のポート酒をすすっていた。

　忌々しいにやけ男め、カーティスは思った。

　それは極めて一般的な社交の夕べだったが、正直成果はほとんどなく、その夜カーティスは、襟から留めボタンを外そうと努力しながら、状況を変えるのにはどうしたらいいのか皆目見当がつかないことを、鏡の中の自分に認めるしかなかった。

第二章

翌朝は真っ青な空の広がる十月の好日で、周囲の丘や峰に明るい陽の光が降り注ぐ中、アームストロング夫人は客人たちに計画を用意していた。

「丘を越えて歩いて、ピクニックランチをします」夫人は手を叩いた。「さぁ、クモの巣をはらって動いて動いて。靴は種類もたくさん、各サイズ用意してますからね」と、有無を言わさず一団を急き立てたが、やがて二つの不動の物体に突き当たった。

一つ目はカーティスだった。「とても魅力的な話なのですが、無理はしたくないんです。ジェイコブスダールで膝に銃弾を受けまして」パニックに陥った仲間の兵士の流れ弾が、無惨な右手を呆然と眺めていた矢先に、脚を切り裂いたのだ。「この頃はだいぶよいのですが、列車の旅の負担に加えて、野道を歩くのはまだ少し危険かと。きょうは休んで、明日からに備えます」

「あら、でも馬車を頼むこともできてよ。でなければ、馬でも」

「いえ、お手間にはおよびません。読みたい本もたくさんあるんです」カーティスは、夫人が諦めてくれるよう、できる限り断固とした口調で言った。

「私がカーティスさんとご一緒しますよ」肩越しから、絹のような声がした。

カーティスは顔をしかめそうになるのを堪えた。アームストロング夫人は不満げな顔をした。

「そんな、ダ・シルヴァさん、あなたにも新鮮な空気とちょっとした運動が必要だわ」

「親愛なる奥方、私の体質は、そのような激しい運動にはとても耐えられない。ここの空気を吸うだけで、充分運動になっています。あまりに新鮮で健康的過ぎるのは、魂によくありませんから」ダ・シルヴァは大げさに身震いし、カルース嬢がクスクス笑った。「ええ、そう。私は自分に課せられた仕事にいそしまなくては。労働しなくてはならない」

「一体何を？」カーティスは思わず尋ねた。

「詩作の芸術」今朝のダ・シルヴァは緑のベルベットのジャケットできらきらしていた。履いているズボンは常識人が上品と認めるよりもだいぶきつめにカットされており、布の上から、明らかになかなかよい形のものが見て取れることに、カーティスは気づいた。神よ、この男にはここまで自分の性的嗜好を明白にする必要があるのか？

「詩作の芸術？」おうむ返しにすると、ホルトがバカにしたように首を振るのが見えた。

「エドワード・レヴィの最新作を、編集する光栄に預かっています」ダ・シルヴァは自慢げに間を置いた。カーティスはきょとんとした表情を返した。ダ・シルヴァは暗い色の瞳を天に向けた。「フラグメンタリストで、詩人の。君は知らない——？　もちろん、知らないだろうね。天才とは、なかなか認めてもらえないもの。君のような行動派が知的活動で好むのは、キップリングさんの『兵舎のばらーど』のような作品でしょう。あちらはちゃんとわかりやすく韻を踏んでいるというから」

ダ・シルヴァは、アームストロング夫人に優雅に手を振ると、あんぐりと口を開けたままのカーティスを残して立ち去った。

「今のは、いったい——」言葉を止めた。

「腐った南方系の変態野郎（クィアー）さ」ジェームス・アームストロングが礼儀を捨てた的確さで続けた。

「僕はあの男とはつきあえないね。ソフィー、一体全体なんであんな奴を招いた——」

「あの方自身も詩人なのよ」アームストロング夫人は言った。「驚くほど頭がよいし、ものすごくモダン」

「それに、見た目もすごくいいわよね」フェネッラ・カルースも言い、付添人に控えめな視線を送った。「そうは思わない、パット？」

「人は見た目よりも行いよ」マートン嬢は厳しく言った。「私から見たら、どうにも派手過ぎ」

ハイキングの一行はたっぷりの朝食で英気を蓄えて出発し、屋敷にはカーティスとダ・シルヴァだけが残った。ダ・シルヴァは、芸術の女神と交信をするために図書室にこもる、と宣言した。カーティスは、女神を気の毒に思いながら、屋敷を探検して構造を研究することにすると伝えた。

探検は探検でも、屋敷のモダンな設備を研究するのが目的ではなかった。

ヒューバート卿の書斎の扉は開いていた。カーティスは中に入ると内側から鍵をかけた。心臓がばくばくして、口の中が乾いていた。

こんなことは普段の自分のスタイルではない。ああ、自分はあくまで軍人であって、決してスパイではないのだ。

いや、軍人だったのは、ジェイコブスダールで銃が暴発するまでの話だ。

デスクまで移動すると、上に乗っているものを見て、その場で諦めそうになった。銀のフレームの写真立てに入れられた、英国軍中尉の制服を着て微笑む若い青年の写真だ。その顔は、屋敷の客間に、ジョン・シンガー・サージャントの手による現アームストロング夫人の素晴らしい肖像画の隣に掛けられた、大型の油絵に描かれているのと同じ青年だった。スーダンの乾いた土の上で死んだ、ヒューバート卿の長男、マーティン。

まさか息子を戦争で亡くした男が英国軍の兵士を裏切るようなことはしないだろう。そうに決まっている。

死んだ青年の肖像がもう一枚、ヒューバート卿のデスクの向かいで、カーティスを見下ろすように微笑んでいた。その両隣には、アームストロングの最初の夫人と思われる女性の肖像の水彩画と、現アームストロング夫人、ソフィーを描いたパステル画が飾ってある。ジェームスの肖像はないようだった。

カーティスは無理やり自分を動かした。デスクの引き出しにはすべて鍵がかかっていたが、ファイルの入ったキャビネットは開いており、いったい何を探しているんだろうと思いながら、左手の指でファイルやフォルダを探っていった。

ヒューバート卿は、ジェイコブスダールの後、ラファイエットの武器商売が破綻したことで大きな富を得たが、そのこと自体に意味はなかった。卿は元々武器を製造しており、当時は戦争をしていたのだ。誰かが商売を引き継がなければならなかった。もちろん、ラファイエット氏は自分の工場に非はないと主張して、ジェイコブスダールの事件の責任を誰かに転嫁したくなって当然だろう。ヘンリー・カーティス卿の客間にやってきたラファイエットは、無精髭をはやし、絶望にやせ細り、サボタージュと陰謀、裏切りと殺人を主張して荒れ狂ったが、その後二週間足らずのうちにテムズ河から死体となって引き上げられた。あの日の主張はすべて、罪悪感と狂気によって発せられたと説明がつくものだった。

しかしもしあの時のラファイエットの言葉に少しでも真実があるとすれば、カーティスには無視をすることができなかった。いったい何をやっているのか、何を探しているのかわからなくても、やらなくてはならない。羞恥に顔を熱くしながらも、屋敷の主の個人書類を調べ続けた。

　通路の音や使用人たちの行き来に聞き耳を立てながら調べ続け、ようやく一番下のキャビネットに辿り着いて、カーティスは大いにほっとした。あやしい動きの証拠は何もなく、請求書や手紙など、裕福な男の通常の商売に関わるものばかりだった。

　デスクの鍵を求めて廻りを探したが、見つけることはできなかった。ヒューバート卿がキーチェーンで身につけているのだろう。どうやったら手に入れられのか……。

　何はともあれ、本物の泥棒のように引き出しをこじ開けるのでない限り、これ以上ここにいてもできることはなかった。調べた痕跡を残していないかできる限り確認して、扉に近づき、外の足音をうかがった。何も聞こえなかった。肩越しに後ろを振り返りながら、書斎の扉の鍵を開け外に抜け出ると、誰かにぶち当たった。

「ジーザス！」思わず声が出た。

「残念ながら、違う」絹のような声が言い、ダ・シルヴァにぶつかったことを知った。「二人ともユダヤ人だけど、共通点はそこまで」

　カーティスは相手から離れようと後ずさりして、扉の枠にぶつかった。ダ・シルヴァは、面白がっていることをほとんど隠そうとせず、大げさに儀礼的な動きで道を空けた。「書類仕事かい？」主人の書斎に目を向けながら、ダ・シルヴァは尋ねた。

「芸術の女神はどうした？」カーティスは言い返すと、顔を真っ赤にして、大またでその場を立ち去った。

なんてみっともないんだ、運が悪すぎる。とはいえ、あのどうしようもないレバント人に見られただけだ。ああいう輩なら、屋敷の主人の書斎に入り込んでいても、怪しいと思わないかもしれない。

しかしそれは希望的観測だろう。どんなに育ちの悪い平民でも、いったいカーティスが何をしていたか疑問に思うだろう。問題は奴が誰かにこのことを話すかどうかだ。その時に備えて、何か言い訳を考えておかなければなるまい。

ダ・シルヴァを呪いながら、自分の部屋に戻ったが、次に何をすればいいかわからなかった。本物のスパイであれば、アームストロング夫妻の寝室を探るのだろうと思ったが、それにはカーティスは嫌悪感を覚えた。どこか他を探らなくては。

数分して気持ちを落ち着かせて、図書室に向かうと、頭を突っ込んで誰もいないことを確認して、中に入った。部屋は広く、もっと古風な屋敷で使用されるようなスタイルの木のパネルが使われていて、薄暗かった。書棚の上方には、場所を埋めるため金にあかせて買いそろえたと思われる難解な研究書と参考図書のセットが、皮製の表紙と揃いの背表紙で整列していた。手の届く下の方の棚には、ディケンズとトロロープの全著作集と共に、話題の面白い小説や、黄色い背表紙の大衆小説が山ほど立ててあった。この部屋に飾ってある絵画は一点だけで、九歳くらいの少年が赤ん坊を抱えている絵だった。マーティンとジェームスだろう、カーティスは思った。そうだとすると、ジェームスが描かれた絵を見たのはこれが初めてだ。もしかすると、自分と同じように、肖像のために座っていることができない性分なのだろうか。

　書棚と読書用のゆったりとした椅子の他に、重そうな電気ランプが置かれたテーブルが二、三と、デスクが一つあった。引き出しを見てみたが、ありきたりの文房具や筆記用具以外は何もなかった。

　見渡すと、部屋の一番奥、周りのパネルにとけ込むようにして、目立たない扉があることに気がついた。位置は壁面の中央。屋敷の構造を素早く頭に浮かべてみたところ、それは通路ではなく、別の部屋があるのだろうと推測した。学習室か何かだろうか？　扉の取手を試してみると、鍵がかかっていた。

「ほんと、好奇心旺盛だね」耳元で声が囁き、飛び上がりそうになった。

「君か」振り返ると、ダ・シルヴァがすぐ後ろに立っていた。猫みたいに動く男だ。「人に忍び寄るのはやめてくれないか？」

「忍んでいるのは僕の方かい？　知らなかったよ」

　鋭い一撃だった。カーティスは歯を食いしばった。「素晴らしい屋敷だな」何も言い返せない悔しさに耐え、ダ・シルヴァの口元が面白げに動くのを見ながら、カーティスは言った。

「ここは書類庫だそうですよ」顎で扉を示して、ダ・シルヴァは言った。「サー・ヒューバートは個人的な書類を、ここに鍵をかけて保管している」

「当然だな」カーティスはもごもご返し、昼食のゴングが鳴る音を聞いてほっとした。

安堵もつかの間、ダ・シルヴァも一緒に食事をするのだと気づいて落胆した。このままでは、一日中つきまとわれそうだ。

「君の仕事はうまく進んだのか」二人が大量に準備された食事を前に向き合って座ったところで、ベニア板ほどの薄さの礼儀を保とうと、カーティスは話しかけた。

「まぁまぁの進み具合かな、おかげさまで」ダ・シルヴァはロールパンに丁寧にバターを塗っていた。「君の方は？」

小さなあてこすりに、思わず息が詰まった。「私の方はうろうろして、家を見て廻っていただけだから。特別な屋敷だ」

「そうだね」話しながら、ダ・シルヴァはカーティスを見つめていたが、何を考えているのかまったくわからなかった。カーティスはその視線を避けそうになる自分を抑えた。

近場にあった皿をつかんで差し出すことで、話題を変えようと努めた。「ハムは？」

「いいえ、ありがとう」

「上物だよ」

ダ・シルヴァはゆっくりと、トカゲのように瞬きをした。「この前話した時から、宗旨替えをした覚えはないですから」

「宗旨――そうか、そうかすまない。君がユダヤ人だということを忘れていたよ」

「なんと珍しい。たいていの人は忘れない」

カーティスには、その言葉をどう解釈していいかわからなかったが、そんな事はこの際関係ない。伯父のサー・ヘンリーは敬虔なクリスチャンだが、同時に世界各地を旅した人で、カーティスが受けた教育のもっともきびしい信条の一つは、他人の信仰心を決してバカにしてはならない、というものだった。同時代の人間たちの大半とは異なる意見だったし、このどうしようもない男を懐柔するつもりはなかったが、それでも信条は信条だ。

「申し訳なかった」カーティスは繰り返した。「怒らせるつもりはなかった。えーと、牛肉はどう？」すまなそうに皿を上げると、黒い瞳にかすかに笑みが浮かぶのが見えた。

「牛肉なら問題ない、ありがとう」ダ・シルヴァは重々しく謝罪を受け入れた。「ハムが気に入らなかったわけではなく、ただ食べないだけ。僕が本当に気に入らない肉は腎臓だね、美学的な見地から」

その発言は、まさにカーティスが思っていたにやけ男らしいものだった。先ほどの鋭い指摘や、狙いを定めたゆさぶりとは別物だった。いったいどんな風に解釈すればいいのか、ますますわからない。

「で、えーと、君は信仰心の篤(あつ)い人間なのか？」と、言ってみた。

「いいえ、そうとは言えない。じっと集中するのは得意じゃない」ダ・シルヴァは突然、猫のような笑みを浮かべた。「宗教についてはね。一般的には、かなり集中して、色々と見てるよ」

これもまたあてこすりだと思ったが、ダ・シルヴァはそれ以上何も言わず、皿に注意を戻していた。

これを機に、相手をよく観察してみた。確かに、こうしたタイプに耐えられるのであれば、かなりハンサムな男と言えた。暗い瞳、ふっくらとした唇に形のよい口、高い頬骨、出来過ぎなほどエレガントにカーブした黒い眉。カーティスは、その眉は何らかの方法で形を整えているのだろうかと疑問に思い、そうに違いないと決めつけた。ロンドンのある種のクラブで見かけたことがある。眉の毛を抜き、顔にパウダーをほどこし、頬紅を差し、あの独特の話し方をする連中だ。プライベートのダ・シルヴァは、他の男たちとああいう風に過ごしているのだろうか？

ダ・シルヴァが咳払いをして、カーティスは相手が何か言ったことに気づいた。「すまない、何だって？」

「きょうの午後の予定を聞いたんだ。それともこのまま、またどこかで出くわし続けるのかな？」

「少し敷地内を歩くことにする」きっぱり言った。

ダ・シルヴァの唇は、カーティスには言えないジョークを楽しんでいるかのように、ひっそりと微笑を浮かべた。「僕は図書室にいる。邪魔はしないから」

その夜、カーティスは深夜一時になるのを待って、部屋を抜け出した。通路は暗かった。だが、事前に道筋を確かめて、剝製の鳥や置いてあるテーブルなど、途中で何かにぶつかって倒すような恐れがないことは確信していた。階段を下りる間、足がとても重く感じられた。家は静まり返っていた。使用人たちは皆眠っているだろうし、眠っていないゲストたちは別の用事で忙しい頃合いだろう。

何事もなく図書室に行き着き、血流が耳の中で激しく打つのを感じながら、極めて慎重に扉を閉めた。部屋は夜のシャッターを下ろしてあり、中は真っ暗だった。手にもっていたランタンのスライドを上げると、黄色い光のビームがひと筋出て、部屋の静けさと暗さをより強調した。

書庫の扉が閉じていることを再度確かめると、イーストエンドで最悪の思いをして買ってきた合鍵の束を、順番に試し始めた。

一つ一つ試していったが、最後まで合うものはなかった。静かに悪態をつくと、何か音が聞こえて、体が固まった。ほんの小さな音だが――。

木のきしむ音。誰かが、図書室の扉を開けている。

考える間もなく動くと、ランタンのスライドを下して灯りを消し、なるべく音を立てないようにして、書庫の扉の片側に立った。人に見られる前に、合鍵の束を隠さなくては。それも、決して音を立てることなく――。

入ってきた人物は、灯りをつけなかった。

外の通路のわずかな光が、扉の形に沿って見えた。扉が音もなく閉じると共に光は消えたが、今度は、侵入者――もう一人の――が灯した道具から、薄く白っぽい光が部屋の中央に照射された。

誰かが、懐中電灯を持って忍び込んだのだ。

泥棒に違いない。なんとついていないことか。くせ者と対峙しなければなるまい。屋敷が被害に遭うのを放っておくことはできない。騒ぎになって、屋敷中の者が起きてくると、カーティスのポケットには合鍵の束とその場にランタンがあることになる。果たしてこれらも、侵入者のせいにできるだろうか？

泥棒はまったく無音で前進し、光の移動する軌道だけが動きの頼りだった。図書室の奥、カーティスが立っている書庫の扉の方に歩いてくる。もう少し近づけば、飛びかかることができる。カーティスは臨戦体制に入った。

灯りが上を向き、テーブルを照らし、カーティスが残したランタンの上でぴくりと止まった。カーティスがびくっとすると、ビームが激しく動き、顔を直接照らした。

ショックで目が見えなかったが、カーティスはためらうことなく左手の拳を振り上げて、侵入者のいる方向へ身を投げ出した。が、拳の先にはもう誰もいなかった。かすかな音がして、カーティスの口を誰かの手が覆い、唇に温かい指先が触れた。

「おやおや、カーティスさん」耳元で囁き声がした。「僕たち、こんな風に遭うのは本当にやめた方がいい」

カーティスは固まった。柔らかい手が口元から離れると、思わず抗議した。「いったい全体何をやっているんだ？」

「同じことをお聞きしたいね」ダ・シルヴァは後ろから体を密着させ、空いている手が、ぞっとするほどなれなれしくカーティスの腰に滑ってきた。

カーティスは肘を後ろに打ち込んで、一撃を受けたダ・シルヴァの呻き声に一瞬の満足を得たものの、狙ったほどのダメージを与えられず、振り返って相手に摑みかかろうとしたが、手は空をつかんだだけだった。不満いっぱいのまま、暗闇を見つめた。

「なんとなんと」数歩離れたところから、ダ・シルヴァの低い声がした。小さな光が再び灯った。カーティスは懲らしめてやるつもりでその方向へ足を踏み出したが、光が照らしている物を見て、急に動きを止めた。あの合鍵の束が、ダ・シルヴァの手にあった。

「ポケットから盗ったな！」

「静かに」ダ・シルヴァは光を鍵束から移し、部屋の中、そしてデスクを照らした。「叫ぶんじゃない。喧嘩している場合でもない。お互い、捕まりたくないだろう」

腹立たしいことにそれは本当だった。「いったいここで何をやっているんだ？」ダ・シルヴァと同じくらい声を低くして、カーティスは訊いた。

「アームストロングさんの書庫に侵入しようと思っていた。合鍵やランタンを見ると、君も同じ目的のようだね」

カーティスは暗闇で口を開けて、すぐ閉じた。何とか言葉を絞り出した。「君は泥棒か？」

「君と同じ程度に。ありそうもないことだけど、どうやら君と僕には共通の利害があるようだ」

「そんなことはありえない！」

「じゃこれは、ありえるんだ」ダ・シルヴァは灯りを調節できるスライド式のランタンに光を当てた。「アーチバルト・カーティス、元国王陛下の士官にして、『少年新聞』――僕は見たこともないけど――の愛読者。そんな人物が、泥棒？　それは違う。少なくとも、そうではないことを僕は祈る。だいたい、君は不器用すぎる」

カーティスは怒り狂っていた。「そういう君には、さぞかし才能があるんだろうな」

「大声を出すな」ダ・シルヴァの声はかろうじて聞こえるくらい小さく、制御されていた。「騒ぎ立てて屋敷中を起こしてもいいんだぞ」カーティスは歯ぎしりしながら言った。

「君がそうするつもりなら、とっくにしているはずだ。カーティスさん、選択肢は二つだ。正しいことをして、大声で助けを呼んで、お互いがお互いの計画を台無しにする。あるいは……」

「あるいは何？」

ダ・シルヴァは猫なで声で言った。「あるいは、僕がこの扉を開けることもできる」

どう答えていいのかわからず、カーティスは黙っていた。ダ・シルヴァは続けた。「もし共通の利害があるのであれば、中に入ればわかる。もしそうでないなら、僕は君の邪魔をしないし、君も僕の邪魔をしないでくれると信じる。もしどちらも探しているものが見つからなかったら、家のご主人に心の中で謝罪して、何も起こらなかったことにする。でも、扉の中に入らないと何も始まらない。どう思う？」

言語道断だった。地獄に堕ちろと言いたかった。こんな無作法な男と同盟を結ぶなど、考えられない。

次にカーティスが言ったのは、「開けられるのか？」だった。

「たぶんね。ちょっといい？」ダ・シルヴァはランタンの傍までいくと、スライドを上げて扉の鍵の部分に光を当てた。まるでいつも一緒に仕事をしているかのような自然さで、カーティスに懐中電灯を渡した。「これを持って、見張ってて」

ダ・シルヴァは扉の前に跪いた。ランタンの光で、シルエットだけが見える。かがんで近づくと、長細い金属片を操作しているのが見えた。

「鍵をこじあけるのか？」カーティスは訊いた。

「合鍵を使うのとどこが違う?」

「やはり、君は泥棒か!」

「その反対だ」ダ・シルヴァは落ち着いた声で言った。「僕の父は鍵職人なんだ。赤ん坊の頃からこの商売を学んだ。今度時間があったら、合鍵がいかに役に立たないか、説明してあげよう。まさかあれに大金を払ってはいないだろうな」

カーティスは怒りに任せて言い返そうとしたが、ぐっと思いとどまった。ダ・シルヴァの細い指は、急ぐことなく、器用に確実に作業を続けていた。

屋敷は静まり返っていて、己の息づかいだけが聞こえる。カーティスは自分が役立たずに感じて、懐中電灯を灯すと、その強力なビームに感心した。こうした新しいものは弱くて頼りにならない場合が多いが、これは優秀な一品だ。そのうち時間があったら詳しく調べてみたい。他にすることもないので、扉に光を向けて他に鍵やボルトがないかを見ていると、以前は気がつかなかった部分に光が当たり、カーティスは目を丸くした。

「ダ・シルヴァ」カーティスは囁いた。

「忙しい」

「ダ・シ、シ、シルヴァ」相手の肩を摑み、指をめり込ませた。敵意のこもった黒い瞳で、浅黒い顔が振り返った。

「何だ?」

「あれだ」自らの発見に光を当てた。

「だから何？」

ダ・シルヴァは床に跪いたまま、鍵穴にピッキングの金属片を差し込んだ状態で、意味がわからないという顔をして目立たない金属のプレートを見上げた。カーティスは顔を近づけようと膝を折った瞬間、膝がしらに刺すような痛みと脆さを感じた。跪いているダ・シルヴァの肩を摑み、支えに寄りかかりると、重さをこらえる小さな息づかいが聞こえた。

カーティスは、緊張と重さでこわばった細い肩を摑んだまま身をかがめ、ダ・シルヴァの耳元で囁いた。自分の息の温かさが相手の肌から跳ね返ってきた。「ワイヤーが張られている。扉の枠と扉に、金属のプレート。これは電気の接点だ。扉を開けたら、回路を壊してしまう」

「どういう意味？」

「これは警報なのではないかと思う」

カーティスの手の下で、ダ・シルヴァの体が硬直した。「なるほど」大きく息を吐いた。「震えるほどモダンだ。どうしても中に入って欲しくないんだね、僕たちに」

「僕たち」という部分に強く異議を唱えるところだったが、神経を走った電撃的感覚に、その気をなくした。もしヒューバート卿が本当に何かを隠しているのだとしたら……もしラファイエットが正しかったとしたら……。

もしそうなのであれば、この家の主だろうが、年上だろうが構わなかった。素っ首を叩き折ってくれる。

「僕には電気はまったく理解できない」ダ・シルヴァはかすかな声で言った。「君には何とかできる？」

カーティスは金属のプレートを観察した。扉を開ける時に回路がつながったままであればよいわけだから……。

「できる。道具は要るが」

「手に入れることはできるか？」

「今はダメだ」

ダ・シルヴァは大きくため息をついた。「いつ？」

「明日の夜。でも、その前に話がしたい。君の目的を知りたい」

「それはもう立証済みだ。君と同じだ」

「まず話だ」有利な立場を利用して、カーティスは繰り返した。「でなければ、サー・ヒューバートのところに行って、後は野となれ山となれ、だ」

ダ・シルヴァは議論するつもりはないようで、口を開き、カーティスを睨みつけた。「わかった。明日」

「また鍵を閉じられるか？」

ダ・シルヴァは応える代わりにいらついた様子で視線を送った。数秒間作業に戻ると、道具を引き抜いた。「これでいい。せっかくの夜が無駄になった、行こう。君からだ。忘れ物をするなよ」

カーティスはランタンを手に持ち、鍵をポケットに入れて、こそこそと階段を登った。部屋に戻って、なるべく静かに服を脱いでいると、外の通路から扉の閉じる音がした。一瞬びくっとしたが、すぐにダ・シルヴァが部屋に戻ったのだと気づいた。

そうか、よりによって奴の部屋はすぐ近くなわけだ。当然のごとく。カーティスは、運命の女神が、これ以上あのへなへなの南方野郎(ダゴ)を自分の行く先々に放つのをやめてくれないものか、と願った。

第三章

翌朝、カーティスが朝食を摂る時間に、ダ・シルヴァの姿はなかった。朝の活力みなぎる様子のホルトがいて、上機嫌で挨拶をしてきた。ピークホルムにも、一緒に楽しく過ごせる人間が一人はいる。カーティスは少し気分が晴れるのを感じた。

二人はしばらくどうということもない話をして、話題はまたスポーツに戻った。ホルトが尋ねた。「今はもう、スパーリングはできないのか？　数ラウンドでもお手合わせできないかと思ってね」

首を横に振るのが辛かった。「できないんだ。あと数年したら、あるいは。拳は作れるが、まだ痛みがあるんだ。膝のせいで素早く動くこともできない」

「実に残念だ。君の右は素晴らしかった」

ボクシングは、カーティスがジェイコブスダールで失ったものの中では、最も小さなものの一つだ。「もっとひどいことになった者も多い」何とか笑顔を作った。「闘えたら、君とは接戦になっただろうな」

「それは間違いない。代わりに、ビリヤードをやらないか？　もしも君にプレーできれば、だけど」ホルトは赤くなった。「いや、そういう意味じゃない――すまない。バカなことを言った」

「そんなことはないさ。実際、割とうまくプレーできるし、それを君に証明して見せたいね」

カーティスは生来左利きだった。もちろん学校で徹底的に矯正を受けたが、それはジェイコブスダールでの事故に遭っても、完全に手先の器用さが失われたわけではないことを意味した。

「でもその前に、外をひと回りして来ようかと思う。空気が吸いたい」

「それでは、ご一緒させていただけます？　カーティスさん」テーブルの向かい側からフェネッラ・カルルースが言った。「大丈夫、急かしたりしません。パットは進軍するみたいに歩くけど、私はゆっくり歩くのが好きなの」

「私は先に行って、装飾塔のところで待ってる」マートン嬢が友人に言った。

緊張を隠し、礼儀正しく笑みを返した。のんびり社交している場合ではなく、ダ・シルヴァと話さなければならないのに、奴はベッドで朝寝して昨夜の疲れを癒しているらしい。あの不快な生き物ときたら。

ピークホルムの新興の森と庭をカルース嬢と散歩した。植樹はプロジェクトの最初に行われたのであろう、森はだいぶ育っていて、小道はよく考えて配置されていた。

「素敵な別荘だわ」カルース嬢は言った。「面白い仕掛けがたくさんあるし、色々と定着してきたら、周りの土地もすばらしいものになるでしょうね」

「百年後に？」

「その通り」特徴的なけらけらとした笑い声が響いた。「装飾塔にはもう行かれた？」

カーティスにはピークホルムのすべてが気違い沙汰に思えたが、しばらくの間黙ってカルース嬢の後をついて、森を歩いた。かさかさと音を立て秋の落ち葉を踏みしめて行くと、少し広くなっている空き地があり、そこから土地は尾根に沿って上がっていた。見上げると、頂上には灰色の石造りの塔がそそり立っているのが見えた。建造物のスタイルから見ると、ピークホルムよりおよそ八世紀は古いものだった。何らかの守備的な前哨地点のように見えたが、軍人の目で状況を観察したカーティスには、周りには岩だらけの坂があるだけで、何も守るべきものを見いだすことはできなかった。

　装飾塔に近づくと、肩を張って腕を組んだ姿勢で立つマートン嬢が見えた。一緒にいる男は明るい灰色の空にシルエットになって、カーティスは一瞬ホルトかもしれないと思ったが、けだるそうな姿勢はホルトのがっしりしたそれとはまったく違い、実は分厚いコートにくるまれたダ・シルヴァだと悟った。

「あらら、何か問題発生かしら。ハロー、パット」カルース嬢は声をあげて、急ぎ足で坂を上がっていった。「私、遅かったかしら？」

「マートンさんと私とで、親密な時間を過ごしていました」満足げにダ・シルヴァが言った。

カーティスはマートン嬢のこわばった表情をちらりと見て、すぐに景色に目を移した。

「ちゃんとした散歩に行きましょう、フェン」マートン嬢は言った。「新鮮な空気が吸いたい」

　カーティスはその機会を逃さなかった。「では、私はお二人にここでおいとまします。もう膝が持たないですし、装飾塔も見学したいので」

「残念、僕は芸術の女神と一人きりで向き合いたかったのに」ダ・シルヴァは悲観的な声で小さく言った。「これではピカデリー・サーカスに来たのも同然だ」

　カーティスはマートン嬢と、ダ・シルヴァと女神の関係について、心からの共感を込めて目を合わせた。「それではそろそろ失礼します。また後ほど、マートンさん、カルースさん」

　二人の女性が出発すると、ダ・シルヴァは装飾塔のオーク製の扉を開け、中に入るよう促した。一歩を踏み出したカーティスは、突然ためらいを覚えて、辺りを見回した。

ご婦人方は、まさかこれが何かの……密会の約束、とは思わないだろうか？　カーティスはダ・シルヴァのような男と人気のないところに消えた……と。

バカげている、と考えを正した。ダ・シルヴァが当然のようにそう思われていようとも、誰もカーティスがそういう輩だとは思うまい、いや思ったとしても、自分自身がそうでないことを何より知っている。

ダ・シルヴァが開けて待っている重い扉を一瞥（いちべつ）して、戸口を通り抜けた。非常に古いスタイルの扉だったが、周囲の石ブロック同様、年代を耐えてきた荒廃の跡はなかった。

「これはサー・ヒューバートがここに作ったのか？」ダ・シルヴァが扉を閉め、石作りの空間に閉じ込められると、カーティスは疑問を声に出した。壁ぎわにいくつか重そうな木製のチェストがある他には何もなかった。連双窓はしっかり取り付けられていたが、建物のスタイルとまったく合っていなかった。中二階に上がるオーク製の階段が壁の脇にあった。

「もちろん、そう」ダ・シルヴァが先導して階段を上った。「最新型の古代遺跡として作らせた。衝撃的なほど低俗だ」

悪目立ちするベルベットのジャケットと恐ろしいほどきついズボンを履いた男が、それを言うか。なぜそこまでして目立ちたい人間がいるのか、疑問に思いながら言った。「君にならわかるのでは」

「おおっと。きびしいね」ダ・シルヴァに慌てた様子はなかった。「傷ついた感受性を、眺望で癒されるといい」示された先には、ペナイン山脈の斜面を臨む息を吞むような景色が広がっていた。「このばかばかしい建物の唯一の利点だ。中にいれば、この建物を見ることができないのも、都合がいい」

もう建築の話は充分だ、カーティスは思った。「そろそろ要点に移ろう。何が起きているのか知りたい」

「まだそれを話す気にはなれない」

カーティスは息を吸った。「よく聞け――」

ダ・シルヴァは急にカーティスに向き直り、真剣なまなざしで言った。「誰のために働いている?」

「何?」

「だから、誰のために働いている?　難しい質問じゃない」

「誰かに頼まれて働いてなんかいない」

ダ・シルヴァは大げさに息を吐いた。「遠回しに話すのは止そう。君は紳士だ、ばくち打ちじゃない。明らかに盗賊でもない。そして君は外務省機密事務所長のサー・モーリス・ヴェイジーの甥だ。彼に送り込まれたのか?」

「何だって?　違う、送り込まれてなんかいない。どうして伯父だってことを知ってるんだ？」

　ダ・シルヴァが完璧な眉をしかめた。「時間はあまりないんだ、バカはよせ。言ってくれ、ヴェイジーの命でここに来たのか？　脅迫のこと、あるいは他に何かつかんでいるのか？」

「何の脅迫？」カーティスは今やわけがわからないほど混乱していた。「言っている意味がわからない。脅迫なんて知らないし、伯父は私がここにいることも知らない」

　ダ・シルヴァの暗い瞳は、じっとカーティスの表情を読んでいた。ゆっくり言った。「それでここにいるのではないのだとすれば……君はジェイコブスダールで負傷した。ラファイエットの商売はそのせいで潰れて、アームストロングはおかげで富を築いた。それか？　ジェイコブスダールと関係があるのか？」

　カーティスは拳を握りしめ、一歩前進した。「もし何か知っているのなら――」

「何も知らない。僕は違う用件でここにいる」

「ではなぜ、お互いの利害が一致するかもと言った？」

　ダ・シルヴァはいら立ちを見せながら肩をすくめた。「僕が間違っていた。午前一時だったし。その場で君の目的を見抜けなくて、申し訳なかった」

　カーティスは迫った。「では、君の目的は何なんだ？　脅迫とは何のことだ？」

　ダ・シルヴァは応えなかった。カーティスを見ながら、何事かを考えていた。再び話しだした口調は注意深く、いつもの気取った様子はほとんどなかった。「カーティスさん、僕には、たぶん君よりも緊急に、この家の私室に入って書類を調べる必要がある。君がその障害になったり、疑われたりしないことが重要だ。二人が同じゲームをしていたのでは、お互いにリスクは倍になる。警報の解除の仕方を僕に教えて、ここで諦めてもらうことはできないか?」

「いやだ」

「情報なら、僕の方が君よりも密かに探ることができる。何を探しているのか言ってくれれば、見つけたものを君に渡す——」

「武器やサボタージュについて、君に何がわかる?」胸の奥に溜め込まれていた、消えることのない怒りが、突如噴出した。「戦争の何がわかる?」

ダ・シルヴァは唇をぎゅっと結んだ。「確かに、僕は軍人ではない——」

「私はジェイコブスダールで友人を失った。いい男たちだ。もしアームストロングが英国軍のための、英国の銃に細工をした責任者なのであれば——」

「その罪状は殺人と反逆だ」ダ・シルヴァが遮った。「刑罰は頸が長くなる、短い距離の落下。カーティスさん、これは生死に関わることだ。細心の注意をして臨む必要がある」

「私が唯一注意しなければならないのは、君についてだ。何を知っている?　そして、いったい全体何が目的だ?　脅迫とは何事だ?　誰かが君を脅迫しているのか?」

「意外かもしれないが、それはない」ダ・シルヴァは考えながらひと呼吸置くと、皮肉をこめた精確さで言葉を継いだ。「被害者は他にいた。男だ、少し変わった——趣味の持ち主の。逮捕と暴露を種に脅され、すべてを奪い取られ、これ以上渡す物がなくなると、残されていた唯一の道を選択した」ダ・シルヴァの唇がゆがんだ。「発表でも何でも勝手にしろ、と居直ることはできない男だったが、弱いだけでもなかった。僕に脅迫について告白したんだ。ビーチー岬から飛び降りる前に」

　カーティスは目を瞬いた。「なぜ君に？」

「友だち……だった」カーティスにもどういう意味か想像がついた。「そして、自分を破滅に追い込んだ問題はピークホルム滞在中に起きた、と言ったんだ。この家で起きたことが、彼の人生を破壊した。他にも何人かの参加者の名前を聞いたが、その中から他に少なくとも一人、自殺者が出た。死人が二人、彼らは、非常に汚い氷山の一角かもしれない」

「しかし、何でそんなことに？　田舎の別荘での浮気なんて、しょっちゅうあることじゃないか」

　朝のお茶の時間の前にベルを鳴らし、客人たちが各々正しい夫婦のベッドに戻るよう、十分間の猶予を与える屋敷があることを、カーティスは知っていた。いい趣味とは思えなかったが、それを好都合と思う人たちはたくさんいて、ごく一般的に受け入れられており、誰も口に出すことはしないのだ。

「一方で、浮気にも色々ある」

「変態的（クイアー）、ということか」

カーティスはこういうまわりくどい意味ありげな話し方が好きではなかった。だいたい、言っている意味がわからなくなる。「しかし、たかがうわさ話で人を殺すことはできない」

ダ・シルヴァはにやりと笑みを作った。「自分の部屋をよく調べたか?」

「どういう意味だ?」

「変だと思ったことはなかった?」

「いいや。なぜだ?」カーティスはダ・シルヴァが眉を上げるのをいまいましく思った。

「部屋の配置をどう思った?」

返事をしようと口を開けて、すぐに閉じた。部屋は長い廊下に沿って大きく間を置きペアで配置されていて、妙だとは思ったが、文句を言うようなことではないと思った。モダンな家だから、モダンなことをするのだろう。こんな些細なことで口論するつもりはなかった。「何が言いたいんだ?」

「君の部屋にはベッドの向かい側の壁に大きな鏡がかかっている。奥のサービス通路に面した壁だ」

「それが? ちょっと待て。君は私の部屋に入ったのか?」

「僕の部屋は廊下をはさんで君の向かい側なんだ。鏡のように左右対称の作りになっている。僕の部屋に来たら、やはりベッドの向かいの壁、サービス通路の方に、大きな鏡がかかっているのがわかる」ダ・シルヴァは意味ありげな視線を送った。

ようやく何が言いたいのかを理解したものの、カーティスには信じられなかった。「覗き鏡、だというのか?」

「ゲストルーム各部屋にひとつずつあるんだと思う。僕の部屋では、壁の固定ネジを外して鏡を取り外したら、覗き窓があって、奥でサービス通路につながっていた」

「まさか、冗談だろう」

「いいや。壁に穴を空けてそこに鏡を取り付ける理由が、その場所にカメラを据えるため以外にあるんだったら、教えて欲しい。ものすごく興味があるから。そう考えると、通路自体が作られた目的が、最初からそれだったのかもしれない」

「うーん、電気の配線もあるし——暖房だって……」

「そういう可能性はある。最も人のいい見方は、最初からそう作られたわけではなく、主人が脅迫に利用できることに気がついてから改造された、というところだ。いずれにせよ、アームストロングが深く関わっていることは間違いない。ロンドンから遠く離れた、アームストロングとその素敵な別荘、細心の注意で選ばれたゲストたち、さらに君は気がついたかどうか知らないが、非常に魅力的で注意深い召使いたち。僕を部屋に案内した若いブロンドは特にチャーミングだった」

カーティスは言葉を探した。「組織的、計画的な脅迫だと?」

「その通り」

「なぜ？」

「お金」ダ・シルヴァは当然だというように言った。

「でもアームストロングは金持ちだ！」

「この屋敷を建てるのに、どのくらい費用がかかったと思う？　装飾塔や、カナダから輸入されたセコイアの木、電気の配線、暖房のシステム。ランプに使われている大量の電球はこの屋敷のための特注品だ。専属の電話交換台、水流のための電気ジェネレータ、すべてがピークホルムのために作られた。ここを維持するためには王の身代金ほどの金額が必要だし、金がかかると言えば、アームストロング夫人とあのいやったらしいジェームスは、ひどい浪費家だ。夫人は芸術のパトロン気取り――苦労する詩人にとても親切――、そして、あのドレスの数々。ジェームスは馬と賭け事ざんまいで根っからの怠け者、父親の財産を使うだけで、小指一本動かさない。アームストロングの事業はうまく行っているが、儲けた金をすべて使っている。また戦争でも起きて欲しいだろうが、それがない限り、他で稼ぐ必要がある」

カーティスは眉をひそめた。「なぜそんな事を知っている？　本当のことなのか？」

「経済面のことか？　各方面で噂を聞いた。脅迫については――証拠写真が保管されている場所を見つけたら、確認できる。それまでは、伝聞と、当てずっぽうの推測のみだ。とはいえ、重要なことだと思わなければ、こんな田舎に、よりにもよって十月に、のこのこやってくることはしない。カーティスさん、これが僕の持っているカードだ。僕はアームストロングが、残酷で確信犯的に罠を仕掛けて脅迫を行い、何人をも死に追いやった責任者だと思っている。君は何を疑っている？」

今度はカーティスが相手の顔を観察する番だった。ダ・シルヴァは信頼できるだろうか？　カーティスが見る限り、正直に話したようだ。そして神も知っているように、助けが必要だった。

深く息を吸い込んだ。「一ヵ月ほど前、ラファイエットが伯父の家に来た」

「どの伯父？」

「サー・ヘンリー。彼は既にサー・モーリスの事務所に行った後だった。サー・モーリスに相手にされず、サー・ヘンリーに訴えにきたんだ。たぶん、このこともあって」カーティスは傷ついた手を上げた。「サー・ヘンリーがサー・モーリスに話してくれるかもしれないと思ったんだ」

「君は伯父さんたちを常にサー付けで呼ぶのか？」ダ・シルヴァは不思議そうに尋ねた。

「ああ、そうだ。いけないか？」サー・ヘンリーとサー・モーリスはそれぞれカーティスの父と母の兄弟で、カーティスの成長の後見人たちだった。サー・ヘンリーはカーティスの子供時代を通じてずっと独身だった。サー・モーリスは何十年も前に妻を亡くしていた。カーティスは二人の愛情を疑ったことはなかったが、甘やかされた子供時代ではなかった。

ダ・シルヴァは肩をすくめた。「いけなくはないよ。もちろん。続けて」

カーティスは何だかわからないが批判めいたものを感じていらだった。しかしダ・シルヴァが急げというように指をぴくぴくさせたため、話の要点に入った。「サー・ヘンリーはアフリカにいて不在だったので、ラファイエットは代わりに私に話した。彼は衰弱していて、半飢餓状態で荒れまくって、気がおかしくなっているとしか思えなかった。サー・モーリスもそう思ったようだ。でも、ラファイエットは、アームストロングが工場の人間にサボタージュさせたのだと言い張った。新しい銃に細工をして、自分の商売を破壊し、取り分を奪った、と」

「信じられると思った根拠は？」

「根拠はない。彼は、最も信頼する二人の男、現場監督と事務員が、アームストロングに買収されたと言っていた。二人は姿を消したという。私自身でも確認したが、二人とも家族から捜索願いが出ていた」

「二人に何が起きたと？」

「わからない。ラファイエットは殺されたのではないかと疑っていたが、彼にも確信はなかった。金を持って国を出たのかもしれない。もし本当にそんなことがあったとして」

「僕ならば、もし反逆罪を犯すために誰かを買収したら、あとで口を封じる」考え深げにダ・シルヴァは言った。「一方で、僕が反逆罪を犯したら、すぐに国を出るだろうから、何とも言えない。ラファイエットには何があった？　誰かが、死んだと言っていたが」

「私と話した二週間後に。今から数週間前になる。テムズ河で見つかった。頭を打って、川に落ちたらしい」

「頭を打って」ダ・シルヴァは繰り返した。

「そう」

「誰かに殴打されたという可能性はないのか？」

検視報告書を読んだ時から、同じ事を疑っていた。カーティスはようやく同じ考えを分かち合える人間を見つけて、ダ・シルヴァに対してほっと温かい気持ちになった。「断定するのは不可能だった。遺体は発見された時既に二日ほど水の中にあった。検死官は事故と判断した」

「騒ぎ立てたら、頭を打って川の中で発見されたわけだ」ダ・シルヴァはしかめ面をした。

「つまり君は、聞いたことが気のふれた男の戯言だったのか、それとも陥れられ殺されたかもしれない男の証言だったのか、見極めに来たわけだ。なるほど、これでお互いの立ち位置がわかった。共同戦線を張るか？」

それはあまり歓迎できる展望ではなかった。しかし、カーティス一人ではこれ以上何も発見できないことは明白だった。一方ダ・シルヴァはどう動くべきかわかっているようだったし、少なくとも鍵を開けることができる。そして何よりカーティスは、あの扉を開けて、友人たちや自分の軍人としての将来、そして生きがいを失ったのは、悪意ある運命のいたずらだったのか、それとも反逆行為によるものだったのか、どうしても知る必要があった。それだけではなく、ダ・シルヴァが言うように、部屋の鏡と、死に追いやられた男たちの話が本当なのかを知りたかった。もしそうであれば、他にどんな罪を犯していようといまいと、アームストロングは罰せられるべきで、カーティスは罰が下されるまで退くつもりはなかった。

カーティスは人を欺くのは得意ではない。そういった役は、ダ・シルヴァのような男が適任だ。そのなよなよした身ぶりや話し方の裏に、鋭い視線とより鋭い感性が隠れていることは薄々わかってきていたが、ダ・シルヴァにはその上勇気もあり、ある種の誇りを持っていることにも、カーティスは気がついていた。初対面の印象で断罪したのは、間違いだったかもしれない。

「わかった。共同戦線だ」

何も考えずに、右手を差し出していた。ダ・シルヴァは傷を気にすることなくその手をとった。握る手はカーティスの傷に負担をかけることなく、しかし初めて握手をした時のふにゃふにゃした感覚はまるでなかった。

「よろしい、では行こう」ダ・シルヴァは言った。「図書室の警報を処理するには何が必要だ？」

「クリップとワイヤー類だ。屋敷に在庫がある。アームストロングが昨日道具置き場を見せてくれた。そこで入手してくる」

「それでは、そうだな、午前一時に図書室でまた会おう。楽しみにしているよ」

第四章

その後、パーティーに戻るのは不思議な気分だった。昼食では、ランブドン夫人とグレイリング夫人が伯父について根掘り葉掘り知りたがった。かの長身でハンサムな探検家の伝説は、カーティスの一族に神秘のベールをかぶせているのだ。ありがちな質問に適当に答えながら、心ここにあらずだった。

装飾塔での会話は今や非現実的に思えた。ダ・シルヴァは再びくねくねした唯美主義者に戻って、大げさでおちゃらけた発言をしては女性陣をケラケラ笑わせ、男性チームに軽蔑と呆れの表情を作らせていたから、なおさらだ。本当にこの男と家の主人の部屋に押し入る約束をしたのか？

そして、ダ・シルヴァの言ったことは本当だろうか？　この中にも脅迫を受けている者がいるのか？　ランブドン夫妻はないだろう、何しろアームストロング夫人の親族だ。グレイリング夫妻？　彼らは確かに金持ちだし、グレイリング夫人は目が泳いでいることが多いように、カーティスは感じていた。カルース嬢？　それはないだろう。アームストロングはカーティスも脅迫しようと思ったのだろうか？　いったい何を使って？

昼食の後、ジェームス・アームストロングのスポーツの誘いとグレイリング夫人の過度になれなれしい態度から逃れ、誰もいない図書室に避難した。大衆小説のコレクションにはエドガー・ワラスとE・フィリップス・オッペンハイムのスリラーやミステリーが揃っていた。紳士的なスパイや怪しい外国人、魅惑的な妖婦が登場するこうした作品を、普段なら楽しむカーティスだが、きょうはそういう気分ではなかった。現実の紳士スパイの日常は、こそこそと行動し、接待のルールを無視し、ことごとく紳士的ではない事で構成されるようだった。そして、ここにいる怪しい外国人といえば、ダ・シルヴァしかいなかった。あるいは彼はピークホルム版の魅惑的な妖婦に近いかもしれない。

オッペンハイムの小説だったら、ダ・シルヴァは悪役だろう。今のカーティスは、できれば悪役であってくれることを願っていた。サー・ヒューバートが脅迫者、あるいはもっと悪い反逆者などであって欲しくない、卿が自分の右手とジョージ・フィッシャーの命を奪ったのだとは、信じたくなかった。

カーティスは怒りが戻ってくる前に考えの流れをせき止め、無理やり書棚に注意を移した。本を眺めていると、細い背表紙に記された名前に目が止まった。

その薄い本を引き出すと、灰色のシンプルな装丁で、改めて題名が確認できた。『養魚池（フィッシュ・ポンド）ダニエル・ダ・シルヴァ詩集』。

これは、中を見なくては。

座り心地のよい革張りのソファに腰掛けると、適当なページに本を開いた。数分すると、困惑して本の最初に戻り、そこから読み始めた。

カーティスは好んで詩を読むような男ではなかった。テニソンの短い作品であれば耐えられたし、〝インヴィクタス〟のように皆が知っている力強い詩や、〝行け！　行け！　ゲームを戦え！〟というフレーズで有名なあの作品は好きだった。もっとも、血に塗れた砂というような表現は、戦地で本物を見た後では、詩的とはとても思えなくなっていたが。南アフリカの野営の長い夜に、兵士たちがキップリング氏の文章を暗唱したことがあったが、当然のように韻をしっかりと踏んだ、誰でもついていける物語と快いリズムで、楽しい娯楽のひとときだった。

ダ・シルヴァの詩はそのいずれとも異なっていた。

バラバラの断片で、文章でさえなかった。何か……を表現しようとしていることは明白だったが、単語と単語とがお互いにまとわりついては離れて行き、カーティスにはわからない結末へと導く中、不安で不健全な印象だけが、心に重くのしかかってきた。とっぴだが鮮烈なイメージが飛び出してきたが、それはカーティスが思い描く、トランペットが鳴り、野山やスイセンが出てくるような詩とは、まったく異なるものだった。その詩は、割れたガラスの破片と、決してきれいではない水、そして、暗闇でうごめくウロコの生物で満ちていた。最も深いところに潜む、何度も出てくるイメージがあり、それはすべてを概括しているようであったが、何なのかはよくわからなかった。明るく光るウロコをまとい、暗闇で薄く光るそれは、不用意な手を滑り抜けて消えていくのだが、それでも確かにそこにいて、手が届かないながらも、常に待ち構えているのだ。

最初の方のページに戻ると献辞があり、「ウェブスターへ」と書かれ、短い文章が添えられていた。

庭の養魚池を見下ろした時
くま手を持った何かが僕を
打ちつけてくるようだ

次に本から顔を上げた時、ダ・シルヴァが書棚に寄りかかり、カーティスを見ていた。

「えーと、あの」詩を読んでいるところを見られた英国男性の自然なバツの悪さで、カーティスは言った。「これ、見つけたんで」

いったいどのくらいそこに立っていたのか、なんと静かに動くことか、そうカーティスは思った。

「読まれるためにあるものだから」ダ・シルヴァは肯定した。「君に意見を聞いて、恥をかかせるような真似はしないよ」

通常の状況だったら、詩に対する意見を求められるなどお断りだったが、その言葉には傷ついた。文学愛好家ではなかったが、決してバカではないし、何よりカーティスの心は、暗い水を泳ぐ不可解なものであふれていた。

「よく理解できなかった。たぶん、理解されるために書かれたんじゃないと思う」ダ・シルヴァがまぶたを落としたので、また無教養をなじられる前に、言い足した。「何だか、スラーを思い出した」

ダ・シルヴァはぽかんとした顔を見せた。「何を？」

相手に不意打ちを食らわすことができた、とカーティスは内心大満足した。「スラー。印象派の画家の。点描で絵を描く画家だよ」

ダ・シルヴァの両目が、黒い線になるまで細まった。「スラーが誰かは知っている。なぜ僕の詩がスラーを思い出させるんだ？」

ダ・シルヴァは一瞬守りに入り、いつもの冷静さを少し失ったように見え、その時カーティスはもしも自分が詩を書いたら勝手な意見を言われるのはいやだろうな、と思った。特にダ・シルヴァのそれのように、書き手の心の奥底から切れ切れで見つけてきたようなものだったらなおさらだ。『養魚池』が作者について何を語っているのか、カーティスにはわからなかったが、直感的にわかったのは、そこにはダ・シルヴァの硬い殻の下の裸の何か、触れられるとたじろぐような何かがあるのだということだ。

「スラーの作品は」何を言いたいのか、意味を整理しながら言った。「ちょっと見るとただの色の点の集まりで、でたらめに散らされて、何も意味がないように見える。でも少し離れて立つと、意味がわかり、全体像が見えてくる。それが私の感想だ」手に持った本をちらりと見て、こう付け加えた。「とはいえ、だいぶ遠くに立たないと、意味がとれそうもないよ。マンチェスター辺りかな」

ダ・シルヴァは一瞬あっけに取られたようだったが、次の瞬間、顔に笑顔が灯った。それはたぶんカーティスが見たダ・シルヴァの初めての本物の笑顔で、驚きと、面白がったような表情と、悦びとを合わせたようで、世間に疲れた退廃的なポーズが消え、突然活き活きして、より若々しく見えた。カルース嬢の言っていたことが急に腑に落ちた。ダニエル・ダ・シルヴァはどちらかというとハンサムな男だ。

「ここしばらくの中で最も説得力のある分析だ」ダ・シルヴァは言った。「君は『新時代』に評論を書くべきだな」

それは流行の、モダンで、社会主義でインテリな雑誌の一つだった。カーティスは、ダ・シルヴァが推測した通り、一度も手にとったことはなかった。「私には向かないな。でも『少年新聞』にも、詩の批評家が必要かもしれない」

ダ・シルヴァは声をあげて笑った。「それはいい。〝今号の特集はリーフ・ノットの結び方、戦争の冒険譚、そしてゴードン将軍と書く十四行詩（ソネット）〟」

カーティスも笑っていた。「〝打ち砕かれて――フラグメンタリストの中の冒険少年〟」

ダ・シルヴァは取り繕うのを忘れて鼻を鳴らし、肩を上下させて笑っていた。カーティスは相手の機敏なウィットに対等に返すことができた自分を、密かに喜んだ。今回のパーティーで、ダ・シルヴァを笑わせている人間を見た覚えはなかった。

カーティスの笑顔にダ・シルヴァは笑い返したが、その笑顔は次第に消え、微妙に変化し、ついにはまったく無邪気なものではなくなった。それは、親密な……誘うような表情になっていた。まったく異なる世界で生きてきたカーティスでさえも、相手の暗い瞳が自分を値踏みし、明らかな興味を持って全身に視線を這わせていることに気がついた。

同性を好む男と同じ部屋に二人きりで、相手は自分を見ている。

ダ・シルヴァの唇は、誰にも聞こえていないジョークを楽しむように、あの特徴的な、秘密めいた微笑を浮かべた。「ところで、」くつろいだポーズから一歩踏み出して、ダ・シルヴァは話し始めたが、扉が開くと同時に視線を移した。

「ここにいたか、カーティス」ホルトとアームストロングが二人で飛び込んできた。「ビリヤードをやらないか？」

どちらの男もダ・シルヴァを誘わなかったが、本人は何ら表情を見せず、既にさっさと身を翻して、部屋に他に誰がいるのか気にしていないかのように、別の書棚に移動していた。

「いったい何を読んでるんだ？」アームストロングが訊き、カーティスの椅子の肘掛けに置いてあった本を取った。「詩集？　こんなくだらないものを読んでいるのか？　『養魚池』だって？」軽蔑を込めて、大声で題名を読んだ。「実にくだらない。ほほう」作者の名前が目に入ったようだ。「どれどれ、見てみようか」

いじめの現場を見たければ、学生に戻ればいい。カーティスは立ち上がり、アームストロングが本を開く前に指先から奪い、片足をひきずって書棚に戻した。長く座っていたので、膝が固くなっていた。不快な気分で脚を伸ばした。「ゲームがしたいのであれば、やろうじゃないか」

深夜一時が待ち遠しいのか、恐れているのか、よくわからなかった。両方かもしれない。やれビリヤードだ、やれカードだと次から次へと誘ってくる騒がしい若者たちから逃れたくなり、疲れたと言って早めに部屋に引き上げ、服を着たままベッドに寝転がった。向かい側の壁を大きく占拠する鏡は、その空虚さでカーティスを見下ろしていて、存在を意識しないではいられなかった。

今、誰かこちらを見ているのだろうか？　いいや、それはバカげている。しかし、戻った時に部屋にいて、カーティスをびっくりさせた可愛らしいメイドのことを、考えずにはいられなかった。あれは偶然だったのか、それとも彼が部屋に戻るのを待っていたのか？　あるいは、もしグレイリング夫人の誘惑に、興味を示していたら？　その時は、見られることになったのか？

階下のパーティーは十一時半頃にお開きになった。一時十五分前には、屋敷は静かになった。カーティスは数分待って、勇気がなくなる前に出ようと決意した。濃紺の部屋着(ガウン)の下に、黒いズボンと黒いプルオーバー、手にランタン、ポケットにワイヤーを持ち、できるだけ静かに階段を下りた。

書類庫の扉の前で即席の仕掛けがうまく行きそうなことを確認すると、ダ・シルヴァを待たずに作業を始めるべきか、そもそもここにいるべきなのかを不安に思いながら、緊張と苛立ちの中、数分間図書室で待った。これが何かの罠だったとしたら？　ダ・シルヴァが信用できない男だったら？　もし屋敷の主人が降りてきて、ここで自分を見つけたら？　そう思うと、身震いがした。

外の廊下と屋敷全体に響くように、時計の音が一つだけ鳴り、わずかな空気の囁きと共に、扉が開いた。必死で聞き耳を立てたが、カーティスには図書室に滑り込むダ・シルヴァの足音は聞こえなかった。

ダ・シルヴァは、懐中電灯を点ける前に扉を閉じ、「ハロー」と囁いた。「準備はできてる？　よろしい。僕が鍵を開けるのが先か、君が電気の魔法を仕掛けるのが先か、どっちがいい？」

「扉を開けないで、鍵に細工できるか？　できるなら、そうしてくれ。少しも扉を開くなよ」

「了解。廊下を見張っていてくれ」

カーティスは頷くと、共犯者にランタンを渡した。暗闇の中で見張りに立ち、廊下の音に耳を傾けながら、他に何も見えないので、鍵穴を照らす薄明かりの中に浮かび上がるダ・シルヴァの器用で精確な手つきを見つめていた。少しして、小さくカチッという音が聞こえた。

「君の番だ」ダ・シルヴァが静かに言った。「僕が見張ってる」

身軽なパートナーに比べると、ドシドシ歩く怪獣のような気分で、場所を移動した。電気の回路が途切れることのないよう、資材置き場から持ってきた粘土を使って、同じように持ってきたワイヤーを接点に貼り付けるのに、時間はかからなかった。

「それ、何?」ダ・シルヴァが、カーティスの耳元で囁いた。呼気が頬にかかり、カーティスは飛び上がった。

「勘弁してくれ」文句を言った。「少しは音を立てて近づいてくれ、頼むから」

「いやだね。それは何?」

「ワイヤーを取り付けたんだ。これでたぶん、回路は途切れない。扉を開ける時に接触を保っていられるくらいの長さはある。ただ、外れないように気をつけて」

「ははぁ。で、たぶん、って?」

「反対側に何もないとは限らない」

「なるほど。ま、虎穴に入らずんば、だ。やるよ?」

「注意しろ」

カーティスは懐中電灯をとると、ダ・シルヴァがワイヤーの長さの許す限り扉を引き開ける間、仕掛けたワイヤーと粘土の部分に光を当てた。聞こえる限り、警報の音はしなかった。大きく息を吐き出した。

「よくやった」ダ・シルヴァが小声で言った。「よし、来るか？」

と、扉の隙間を入っていった。体に厚みのあるカーティスはぎりぎりで通り抜けると、背後で扉を閉め、その場をできる限り照らすため、ランタンのスライドを最大限に上げた。窓も出口もない小さな部屋だった。椅子がいくつか積み重ねてあり、テーブルが一つと、大きな木製の戸棚があった。戸棚の一番上の引き出しを引くと、鍵が閉まっていた。

「失礼」ダ・シルヴァが細い金属片を鍵穴に突き刺してねじった。すぐさま、カチッと音がして、一番上の引き出しを引いた。「君はここを見てくれ。僕は下から行く。真ん中でまた会おう」

カーティスは頷いた。ダ・シルヴァは二つ目の懐中電灯を取り出すとランタンのスライドを下し、明かりは二人の手持ちのものだけになった。ダ・シルヴァは腰をかがめて、一番下の引き出しを開けた。

足元の男の存在を意識しながら、カーティスはフォルダの書類をめくり始めた。わずか数秒で、一連の写真が出てきた。一枚を取り出すと、口の中が乾いた。

「見ろ」

ダ・シルヴァはカーティスの横に立ち上がると、懐中電灯の明かりに照らされた画像を見た。

「ふむ。このご婦人を脅迫したかったら、これで充分だな。元に戻しておけ」

カーティスは写真を元の場所に戻した。ダ・シルヴァは既に別のフォルダをめくっている。どうやら、最初のフォルダは当てずっぽうの幸運などではなく、どのフォルダにも何かが入っていた。カーティスは次々と出てくる写真に顔をしかめた。時に少しぼやけた、黒、白、そして灰色に捉えられた、快楽と堕落行為の数々。

「ちょっと！」ダ・シルヴァが差し出した一枚の写真に、カーティスは内蔵がひっくり返りそうになって言った。「どこかへやってくれ」

ダ・シルヴァは動かなかった。画像をじっと見つめたままでいたため、カーティスは相手を睨みつけてから写真を見た。「神よ。それは知ってる奴だ。私の二年ほど下にオックスフォードにいた。どこかへやってくれ」

「知り合いはどっちだ？」

「その――下にいる方だ」四つん這いになった顔は痛みか快楽かでゆがんでおり、後ろに膝をついている力強い男に、両肩をつかまれている。

「これは誰だ？」

「君には関係ない」

「バカを言うな。これは誰で、もっと重要なのは、何をしている男かってことだ」ダ・シルヴァの声に浮ついたところはなく、切迫した様子だった。

「外務省」カーティスはしぶしぶ言った。「秘書官の下にいる次官の一人だ」

「興味深い」ダ・シルヴァの口調は早くなっていた。「なぜなら彼を組み敷いているのも秘書官か、少なくとも何らかの専門職員。このブロンドはプルシア大使館員さ」

カーティスは、乱暴に相手を犯している明るい髪色のプルシア人を凝視した。禁断をのぞき見た興奮と他人の秘密に侵入した奇妙な感覚に震えた。「外務省の人間が、プルシアの外交官とこういうことをするのは、まずいのではないか」

「まずいね」ダ・シルヴァは写真をフォルダに戻すと、別のフォルダを探り始めた。「またあった」

カーティスは信じられない気持ちでその写真を奪った。「神の愛にかけて。この男も知っている。同じカレッジで、同じクラブだった」

「僕の出入りするクラブのいくつかにも属しているよ。あまり慎重な男ではない。国王陛下の侍従ではなかったか？」カーティスは頷いた。「本当に、うかつだ。もう一人の男の顔は隠れているな」侍従は明らかに男性の体に押し入っているところだったが、受け入れている方はシーツの下に顔を隠していた。ダ・シルヴァは顔をしかめた。「ブロンドだ。これはあの気の利く召使いかもしれない」

「ウェスリーか?」カーティスはその姿を思い起こした。「確かに、そうかもしれない」

「それから――これを見て」

ダ・シルヴァがかざした写真を見ると、肩にY字型の傷を持つ男と快楽に耽る女の姿だった。女の顔に見覚えはなかったが、男の体から顔に視線を移すと、カーティスは口をあんぐりと開けた。「これはランブドンか?」

「そうだ。それから……」ダ・シルヴァは引き出しから、最初に見た写真を再び取り出した。この写真では男は首から上は映っていなかったが、ダ・シルヴァの指は肩の特徴的な傷を指した。「こちらもそうだ。ランブドン氏がリードしている」

「サー・ヒューバートが自分の義弟を脅迫するはずがない!」

「ランブドンが脅迫されているとどうしてわかる?　そして、脅迫者がサー・ヒューバートだけだとどうして言える?　考えてみろ、カーティス」ダ・シルヴァはファイルの入った引き出しを示した。「この中に君と同世代か少し下の年代のオックスフォードの同窓が何人いた?」

「三人」そのうち二人は男と一緒だった。三人目はカトリック教会で流星のように出世している男で、胸の大きな若い女性と性交している写真は、大きなダメージになるだろう。

「この家で、君より二年ほど後でオックスフォードに行ったのは誰だ?　うわさ話を知っているのは?　父親の別荘へ狩猟遊びに来いよ、と、この育ちのいい男たちを招待できるのは誰だ?」ダ・シルヴァの静かな口調は、上流社会のアクセントの悪意あるパロディーだった。

「まさかジェームス・アームストロングのことを言っているのか」

「青年たちが誰なのかよく考えてみろ。これからキャリアを花開かせようとしていて、ちょっとした失態が命取りとなる新進気鋭の若者たち。彼らをジェームスが招待する。ソフィーがご婦人たちを選ぶ。女性どうしはよくしゃべるから、誰にフラストレーションがたまっていて、誘いに乗りそうかがわかる。標的をしぼって招待し、そこで召使いや、魅力的な兄、あるいはプルシアの外交官がお相手する。これは家族ぐるみの犯罪、ファミリー・ビジネスだ」

ダ・シルヴァが急ぎ次の引き出しを探る間、懐中電灯でその手元を照らしながら、カーティスは考えた。さらに写真が出てきたが、知らない顔だった。十二歳にも満たないだろう少女と年上の男の写真、そして書類束。ダ・シルヴァはそれらをパラパラとめくっていたが、その手をカーティスがつかんだ。

「何？」

カーティスはフォルダを見返し、気になった書類を見つけると、取り出した。辛くもよく見知った、図面の一ページだった。こめかみを血流がどくどくと打つ中、それを見つめた。

「それは何だ？」

カーティスは唇をなめた。「ラファイエット・ライフルの図面だ」大きく息を吸うと、その前後にあった書類を一つ一つ確認した。「ラファイエットの工場の平面図。さらに詳しい銃の仕様書。これは――」カーティスは息を呑み込むと、そのページを見せた。「これは私がジェイコブスダールで使ったリボルバーだ」

「なんと」ダ・シルヴァは静かに言った。「カーティス……」

「アームストロングがこれを持っていたということは、こんなところに鍵をかけて持っていたということは――」

悪徳に満ちた秘密の戸棚にこの書類があったことの意味は、一つしかなかった。ジェイコブスダールは事故ではなかった。銃は工場で細工をされたのだ。サー・ヒューバートが、カーティスの中隊を、仲間たちを、殺したのだ。卿が自分で引き金をひいたのも同然だ。

書類が手の中でカサカサ震えた。ダ・シルヴァはその手からやさしく束を引き取った。「残念だ」

「アームストロングは私たちを裏切った。自らの利益のために、仲間を地獄へ送った」

「声を上げるな」ダ・シルヴァはカーティスの震える手首に手をそえると、二人の顔に光があたるよう、懐中電灯の角度を変えた。「決して許せないことだし、君がどんなに怒っているかもわかるが、静かに、静かにするんだ」

「殺してやる」声は喉の奥でかすれた。

「その役目は死刑執行人と争わなくてはならないな。戦時中の英国軍へのサボタージュ行為？　反逆罪で死刑だ」

「何ということだ」カーティスは革手袋に包まれた役立たずの右手を握りしめた。「私は奴の家に滞在して、奴の食事を食べている。客として、、、」ここで食べたすべてのものを吐き出したかった。サー・ヒューバートをベッドから引きずり出し、ボロボロになるまで殴りつけたかった。「奴には報いを受けさせる。誓うよ、カーティス、奴は死ぬことになる。今は自分を見失うな」ダ・シルヴァはカーティスがわずかに頷くまで、目をそらさなかった。手首を握る細い指先はカーティスをこの世界につなぎ止めるように少し留まった後、やがて手を離すと、引き出しに戻った。

カーティスは自分の中を荒れ狂う怒りの感情を制御しようとしていた。ラファイエットを本当に信じていたわけではなく、ただ何もしないではいられずに動いただけだが、今や疑いはなかった。アームストロングの罪の大きさが、心の中で実感された。死んでいった者、醜く傷ついた者。軍を失って、空虚で未来がなくなったカーティスの人生、唯一の望みだった軍人としての目的、仲間との時間。すべてがヒューバート卿の屋敷の電気と、アームストロング夫人のドレスと、ジェームスの賭け金のために奪われた。

「これはひどい」ダ・シルヴァは静かだが明瞭な声で言った。

怒りに捉われていたカーティスも、これには反応した。「何だ？」

ダ・シルヴァは一枚の紙を掲げた。カーティスはレターヘッドの文字と「極秘」と書かれている部分を認めた。「外務省の文書だ。なぜこんなところに？」

「尻にプルシア人を受け入れていた元ご学友に聞くべきだな」

ダ・シルヴァの手の動きはますます早くなり、タイプや手書きの書類をめくった。「ははぁ。軍関係者として、これは何に見える？」

「軍の補給計画書だ」極秘事項と押印された書類を、しっかり見ることさえはばかられた。

「いったいどうして？　なぜアームストロングがこんなものを持っている？」

「君はどうしてだと思う？」ダ・シルヴァは鋭く言った。

「外務省関係者。脅迫。アームストロングは国の秘密を売っているというのか？」突然一つの考えが浮かび、首の後ろがちくちくした。「今朝君は、アームストロングはまた戦争が起きて欲しいと思っている、と言っていたな」

ダ・シルヴァは大きく息を吸い込んだ。そして、書類をまとめて元のフォルダに戻し、見たことがわからないように端を整えた。「この部屋を出よう。片付けて、ここに来た形跡を消す。そして、君は口を閉じる。僕たちがこの屋敷を出て行くまで、この事について一言も話してはいけないし、知っている様子を見せてもいけない。どんなに怒っていてもだ。この戸棚にはアームストロングを五回は死刑にするほどの材料があるが、僕たちは敵地にいて、多勢に無勢、三十マイル先まで味方はいない」

「そんなバカな」

「そう思うか？」ダ・シルヴァは不満げに言った。「反逆罪。国の秘密。助けを求めたすぐ後に川に落ちたラファイエット。そうか。ここに招待されたのはいつだ、カーティス？　ラファイエットが訪ねてくる前か、それとも後か？」

「後だ」カーティスは全身に鳥肌が立つのを感じた。「でも、サー・ヒューバートは私の伯父のサー・ヘンリーと学友だ。招待されても不思議は……」とはいえ、招待を受けた時には、実に幸運な偶然だと感じたことも確かだ。「私が何を知っているか、探るために招待した、というのか？」

「わからない。もう一つある。テムズ河で頭に傷を負って発見されたのは、ラファイエットだけではない」

「何だって？」

「もう一人被害者がいたんだ。脅迫に怒った男は、当局に証拠を持って出頭しようか迷っていた。その男が突然消えて、数日後にテムズ河で頭蓋骨を砕かれた状態で発見された。検死官は行きずりの強盗殺人だと判断した」

「なんと、つまり――」

「そう」ダ・シルヴァは不快そうな顔をした。「ラファイエットと脅迫の被害者が川に浮かんだ。別に行方不明の男が二人。これが偶然だと思うか？」

「いや」カーティスは重々しく言った。「そう思わない」

「アームストロング一家は秘密を守るために人を殺している。なので、これからも殺すと思った方がいい。この情報をここから持ち出したら、アームストロング家は全員死刑だ。もしも僕らが秘密を知っていることがバレたら、口をふさぐ以外の選択肢はあるか？　そして、この家にいる限り、カードはすべて彼らの手にある。静かにしていなければ、僕らは死んだも同じだ」

カーティスは顔をゆがめた。「いったい仲間は何人だと思う？　アームストロング一家だけなのか、それとも――」

「使用人の一部もだ。力仕事をする人間がいないと、この大仕事は成立しない。あまり数多くはないだろうが――」

「この屋敷の管理用員の多くは、元軍人だ」カーティスは言った。

「それは知らなかった」ダ・シルヴァはあまり嬉しそうではなかった。

「サー・ヒューバートの長男のマーティンは最初のボーア戦争で亡くなった。サー・ヒューバートは供養にと、同じ中隊の近隣出身の兵士を皆、引き取ったんだ。昨日、その話を聞いたばかりだ」卿は長々と、聡明で愛すべきマーティン、父親にとってヒーローであった息子を失った辛さを、切々とカーティスに訴えたのだ。ジェイコブスダールの男たちには嘆き悲しむ父親がいなかった、とでもいうのか。「軍の年金では食べていけないし、工場で働くよりもよい職場だ。訓練された男たちで、主人に忠実。ただ、殺人までするかどうか……」

ダ・シルヴァは身を縮めた。「それは知りたくないね。とにかく捕まらないようにしよう」

「言っておくが、私は隠し事が苦手だ」

「努力しろ。僕らは何としてもこの書類を当局に届けないといけないが、セコイアの森の浅い墓の下からでは、それはできない。ここを出られるまで、君は普段のとおりでいる必要がある。ジェームスとビリヤードをして、サー・ヒューバートと軍事の話をするんだ」

「滞在予定は二週間だ」カーティスは言った。「この毒蛇の巣に二週間もいるなんて、とても耐えられない。彼らと――」仲間を殺した男と一緒に過ごし、食べたり話したりするなど、とてもできない。考えただけで常軌を逸していて、我慢できなかった。想像するだけで身が汚れる思いがした。

ダ・シルヴァの視線はじっとカーティスを捉えていた。「その必要はない。僕が君をここから一刻も早く出す。疑われることのない形でね。任せてくれ、カーティス。何とかする」

カーティスは何ら押しつけがましくなく、心情を察してくれた暗い瞳に感謝しながら、頷いた。「私は……とにかく、ありがとう」

「何か考えついた後で感謝してくれ。明日話し合おう。長居しすぎた」ダ・シルヴァは話しながら最後の引き出しを閉じると、道具を使って鍵を閉め、懐中電灯をポケットに収めた。「これでよし。行こう」

カーティスは向き直ると、扉を押し開けた。反対側で、ワイヤーが貼り付いていた粘土から外れた。突然図書室の明かりが灯り、暗さに慣れた目に眩しく光った。屋敷のどこか遠くで、ベルが鳴っていた。

第五章

「クソ、クソ」カーティスは自分のしたことが信じられないまま、つぶやいた。

　ダ・シルヴァは一秒ほどじっと立っていた。その後カーティスを図書室に押し出すと後に続き、書類庫の扉を閉めた。「そこの書棚の本の裏にランタンを隠して。早くしろ」

「逃げないのか？」

「つべこべ言うな」ダ・シルヴァは扉の枠からワイヤーと粘土をつかんで外し、ポケットに突っ込むと、鍵穴に向かって一心不乱に手を動かした。「そのプルオーバーを脱いで、椅子にかけるんだ。すぐに」

　自分の失敗と怒りで真っ赤になりながらも、カーティスはダ・シルヴァの不可解な指示に従ってプルオーバーを脱ぎ、裸の上半身に部屋着を羽織った。走ってくる足音が聞こえた。数人の男が近づいてくる。

「ここに来て、早く」ダ・シルヴァは立ち上がると書類庫の扉に背を向けた。カーティスが近づくと、切実な顔で言った。「殴るなよ」

「な――」

ダ・シルヴァはカーティスの部屋着をつかむと、引き寄せて口にキスをした。

カーティスは一秒ほど何も反応できなかった。深夜の潜入行に加えて、屋敷の主人の裏切りと自分に対する怒りと焦りとパニックとで、既に頭が混乱していたが、その上今度は固い唇に口をふさがれ、頭に回された手に髪を引っ張られ、無精髭が皮膚に触れる感触がした。固まって突っ立っていたカーティスの足首に、ダ・シルヴァが思い切り蹴りを入れた。前のめりになって相手に寄りかかったところに、図書室の主電灯が点いて、明るさに目がくらんだ。

ダ・シルヴァがカーティスを思い切り突き離したため、数歩よろよろと後退した。向き直ると、ショットガンが三つ、こちらを向いていた。

武器もなく、敵の方が数で勝っていたが、反撃の本能がわき上がった。体を緊張させて、敵の出方をうかがった。

ナイトガウンを来た男が三人。そのうち一人はあのハンサムな召使い、ウェスリーだった。残る二人は年上で、共に紛れもなく元兵士と見て取れた。三人とも最新型の重厚なアームストロング・ショットガンを肩に構え、カーティスを狙っていた。年かさの男たちは神経をカーティスに集中させていたが、ウェスリーが後方を見やり、目を見張って、笑みをかみ殺した。

永遠とも思える数秒間のにらみ合いが続いた。どうやらすぐに撃たれるわけではなさそうだ。

「銃を下ろせ」カーティスは命令した。「いい働きだ。でも必要はない。私とダ・シルヴァ氏は――」話しながら、ダ・シルヴァを示して振り向くと、口の中で言葉が渇いた。

ダ・シルヴァは腰を押し出すようにして、扉にもたれかかっていた。重い上まぶたに、黒髪は乱れ、唇は少し赤く半開きで、じっくりとキスをされたばかりのように見えた。シルク風のガウンの前が開いて裸の胸が見えて、暗い色の乳首が覗いていた。カーティスはその乳首の片方に、なんと銀のリングが光っていることに気づかずにはいられなかった。

信じがたいほど退廃的な姿だった。まさにその扉の前で誰かに犯されようとしていたような様子で、本人もそれを望んでいるように見えた。

その相手が誰なのかは、召使いたちには明らかだっただろう。

カーティスは血流で頬が真っ赤に染まるのを感じ、意図的に視線を外すと、銃に向き直った。

「それを置け」何とか命令口調が出た。

「すみませんね、紳士方」年かさの男の一人がぎこちなく言った。銃口を少し下ろし、客に銃を向けているわけではないといった形になったが、カーティスはまだ安心できなかった。「警報が鳴りまして。今、その扉にもたれかかっていなすったかい？」

「この扉」ダ・シルヴァはあの秘密の微笑を浮かべ、繰り返した。「うーん、そうかもね、ほんの少し。警報が鳴っちゃったんだ？」

「そうかもしれません。もし、よほどの体重をかけてもたれかかったりしたら、です。サー」

「あるいは他の誰かが――」ウェスリーはにやにや笑いながら話し始め、銃口が下を向いた。

年上で白髪の男が低い恫喝のうなり声を上げた。ウェスリーのにやけ顔が消え、「すみません、マーチさん」と、再び銃口を上げた。カーティスはすぐにも銃を下ろすよう命令したかった。ただ、断られた時にどうするのか策がなかったため、何も言うことができなかった。

「不幸な事故だ」代わりにそう言った。ダ・シルヴァの悪魔的かつ天才的な即興に何とか話を合わせたかったが、恥ずかしさのあまり、言葉が出て来なかった。「騒がせてすまなかった」

「サー」マーチはこともなげに言った。「失礼します」そう言いながら銃口を下げつつも、隙を見せることなく書類庫の前まで行き、ダ・シルヴァを脇へ追いやっても、謝りもしなかった。残る二人の男たちは銃口を上げたまま待っていた。

　マーチは扉を試し、閉まっていることを確認し、電極の接点を見やって顔をしかめた。「鳴るはずはないんだが」一度小さく扉を押し、再度もっと強く押した。「緩んだわけではなさそうだ。しかしなぜ鳴ったんだ？」視線はカーティスに戻った。「ここに他には誰もいませんね、サー？」

「ここには人ならもうたくさんいると思うので」ダ・シルヴァは罪の意識など何もないような、軽くバカにしたような口調で言った。「というか、どちらかというと混雑してきたので、そろそろ出て行くことにします。皆さんには、ベッドから起こしてしまって、大変申し訳なかった」長いまつげでウェスリーに向けてわずかに瞬きをした。「僕もベッドに戻ります。自分のか、とにかくどこかのベッドにね。行きましょう、あなた（マイ・ディア）」今度はカーティスに向けて冷ややかな笑みを向けて言った。

マーチはその様子をじっと見ていたが、ダ・シルヴァが無視すると、部下の二人に言った。

「ウェスリー、プレストン、紳士方をご案内しろ」

ダ・シルヴァはカーティスの腕を軽く促すように叩くと、あり得ないほど腰をくねらせながら、廊下から主階段へ進んだ。カーティスは後に続いたが、部屋を出るまでマーチの疑い深げな視線が追ってきた。階段を上がり、ガラスケースに入った動物の死骸の横を歩いている時も、使用人たちが二人を凝視しているのを感じた。無防備な背中に、銃の存在が嫌というほど意識され、首の後ろの毛が逆立った。

使用人たちは東の廊下の入口で止まり、二人が静かに暗い廊下を進んで、対になった寝室にたどり着くのを見ていた。カーティスは自分の部屋の扉を開け、明かりを点けた。

ダ・シルヴァは後ろからカーティスを部屋に押し込み、扉を踵で蹴って閉めると同時に、低い声で相手の知能と能力と性的嗜好と家系についての極めて無礼な評価を口走り始めた。詩人にしては、下町の物売り並みの語彙の持ち主だ。

「わかってる」カーティスはダ・シルヴァが息を切らした隙に言葉を差し込んだ。「私がしくじった。警報について完全に忘れていた。君の素晴らしい機転がなければ、やられていた」

「まだ安心はできない。聞こえるか？」

カーティスは聞き耳を立てた。何かが動く静かな音がしたが、扉の外からではなかった。音は反対側の壁、鏡のかかっている秘密の覗き通路の方から聞こえていた。何かがこすれるような音。

「奴らが見にきたんだ」低く緊張した声でダ・シルヴァが言った。「マーチが信じたかどうかは怪しい。あんたが軍人然とし過ぎてるんだ。クソっ」

ぐっと歯を食いしばった。この窮地は自分のせいだ。何とかしなくては。唇を読まれないように鏡から顔をそむけ、声を低く静かに保って言った。「戦うことになったら、ウェブリー銃が一丁衣装戸棚の中にある。武器は持っているか？」

「僕は銃を使わない。突破できると思うのか？」

武装した男二人に見られていて、階下にもう一人。自分のリボルバーは装塡されずに棚の中。追っ手を振り切って屋敷を出られたとしても、野山を三十マイル行かなくてはならない。逃げるにしても抵抗するにしても、ダ・シルヴァは理想の相棒からほど遠かった。「確かに分は悪い」カーティスは認めた。「でも、もしそうなったら――」

「もしそうなったら終わりだ。逃げられたとしても、証拠はすべて消されてしまう」ダ・シルヴァはためらった。「もう、どうとでもなれ。ベッドに行け」

「何？」

ダ・シルヴァはカーティスの首の周りに手をかけると、挑発的な笑みを浮かべ、片方の足首に足をかけると、後ろへ押し倒した。カーティスはよろめいて、マットレスに座り込んだ。

シルクのこすれる音がして、ダ・シルヴァがガウンを脱ぎ、上半身裸で立った。暗い乳首に小さなリングが光っている。

「いったい何をやっている？」

「笑顔で、見られてるから」ダ・シルヴァは跪くと、カーティスのガウンを肩から外した。

「何とか楽しんでくれ、仕事は僕がするから」

「仕事？」喉から出る声は渇いていた。「いったい――」

「偽物だとバレてあの書庫にいたことが知れたら、僕らは死んだも同然だ」ダ・シルヴァはカーティスの首筋から耳にかけて口を這わせた。「だから、本物だと思わせるんだ。わかるか？ それとも――」指先を胸にかけて撫で下ろした。「君が図書室で僕を襲っていたのではないと奴らが判断して、ショットガンでやってくるまで、ジャガイモの袋みたいにじっとしているか」艶かしい角度で顔を上げた。「他にいいアイディアはあるか？ 僕にはない」

カーティスにはまったく何のアイディアも浮かばなかった。ダ・シルヴァの手がズボンのウエストバンドにかかったからだ。喉から窒息しそうな音が出た。

「ただの口だ。誰でも同じだ」ダ・シルヴァはいらついた声で言った。「ほら、学校でやっただろう？ イートン校に戻ったと思え」

「頼む、やめてくれ！」

「他に何か方法があるか？」

他に選択肢はなかった。目の前で跪いたダ・シルヴァは、暗い目を静かに瞬かせ、呼吸する度にあの信じがたいリングが胸で上下し、繊細な指先がカーティスの焼けるような股間の上でボタンに触っていた。

「それで？」

カーティスはわずかに首を横に振った。何を否定しているのかもよくわからなかった。

「ならば、後ろにもたれて、英国（イングランド）のためだと思って我慢しろ」ダ・シルヴァは力をこめてズボンを引き、カーティスは服をはずしやすいように体をずらした。目を閉じると、ダ・シルヴァの手が下着のボタンに触れるのがわかった。カーティスの性器の先端に、指先が軽く触れた。

「神さま」

「力を抜いて」ダ・シルヴァは小声で言った。「噛まないから」そのとたん、カーティスは温かく、濡れた感覚にのみ込まれた。

カッと目を見開くと、ちょうど都合のよい場所に置かれた鏡に、顔を火照らせ、足を開いて反り返っている自分と、太ももの間に跪いている暗い肌の男が見えた。

鏡の向こうで、誰かが見ている。

「できない」小さく訴えた。

ダ・シルヴァは苛立ちを隠さずに言った。「僕の方が難しい役目なんだ。目を閉じていろ」

カーティスはどうあっても目を閉じることができなかった。鏡を見ながら、その向こうで何

が起きているのかを考えるべきだったが、ダ・シルヴァの細く滑らかなオリーブ色の背中と、数倍は青白い自分の胸、広く力強い胸筋を覆うダークブロンドの毛、その対比に目が釘付けになった。そしてダ・シルヴァの口は、硬くなったカーティスの長さの上で存分に働き、舌を這わせ、巻きつき、舐めまわし、もうそれ以外何も考えることができなくなっていた。

それは寄宿生時代に経験した子供っぽいじゃれ合いや大学時代の不器用な行為とは、まったく違うものだった。無精髭の薄く生えたダ・シルヴァの頬が太ももの内側をこする。巧みな舌がカーティスの性器の頭をなぞり、押しつついた後、今度は口で完全に包み込み、硬直したその長さを舌が滑り、喉の奥まで受け入れた。

カーティスは獣のような声を上げた。卑猥極まりなく、同時に衝撃的だった。いったいどうやって窒息しないでいられるのか。本物だと思わせろ――ダ・シルヴァはそう言っていた。体を反らせ、黒い髪を見下ろし、恐る恐る手を伸ばした。相手の頭に触れると、頬と喉で奉仕する動きが、髪に塗られたオイルの感触と共に伝わった。ダ・シルヴァはカーティスの革手袋に、猫のように顔を撫でつけた。その喉の奥からもれ出るかすかな音が、皮膚を通して血流に響くようだった。カーティスは唇を噛んだ。

本物だと思わせろ。ほとんど意識しないうちに、今度は腰が動き出し、ダ・シルヴァの巧みで見事でみだらな口に、自らを押しこんでいた。ダ・シルヴァの指は脇腹をたどって、その口はまとわりつき吸いつき信じがたい動きを続け、カーティスはこの場を見ている男たちのことも、ラファイエットのことも、すべてを忘れた。包み込む熱い口と、自分の脚の間の暗い天使の姿しか見えなかった。体が離れないように髪をつかんで、より激しく突き動かすと、ダ・シルヴァは悦んでいるかのような声を上げ、引きつけるように太ももに指をめりこませ、ためらうことなく受け入れた。驚いた、自分の大きな充血した器官を口に含むのを、この男は実際に楽しんでいる……。

カーティスは早くも痛みと共に収縮を感じ、おぼろげに礼儀を思い出した。「イッてしまう」絞り出すように警告した。

ダ・シルヴァは顔を上げて口を外し、カーティスは一瞬礼儀ただしさを後悔したが、相手はすぐにまた戻り、一気に根元まで全体を含むと、皮膚を通して衝撃的な感覚の波がやってきた。

「ダ・シルヴァ、やめろ、口の中でイッてしまう！」

ダ・シルヴァはうなり声を上げると、より一層強く吸い、再び喉を使ったあれをやり、筋肉が締まり波立ち、カーティスはダ・シルヴァの頭をしっかりと摑んだまま、相手が窒息しようがお構いなく、腰を激しく動かし、何度も何度も精を放った。

素の左手にオイルの感触を意識しながら、ダ・シルヴァの髪から手を離すと、放心してベッドに倒れ込んだ。

天井を見上げた。

ダ・シルヴァは立ち上がり、ナイトスタンドで水をコップ一杯注ぎ、口の周りを洗った。

戻ってくると、カーティスに触れることなく隣に座った。ベッドがきしんだ。「大丈夫？」

大丈夫なのかどうか、まったくわからなかった。ダ・シルヴァの顔を見上げた。暗い色の髪は乱れてからまり、額にかかって、いつものこぎれいな冷静さが消えて、親密な行為で、より粗く自然な様子に見えた。唇は激しく行使されたせいか、それとも性的高揚のせいか、少し腫れている。銀のリングが、硬く勃った乳首に鈍く光っていた。

返礼をして欲しいのだろうか？

「まるで今にも心臓発作を起こしそうな様子だ」ダ・シルヴァが言った。「喜んでいいのか、その反対なのかわからない」

その時、置かれている状況が突如カーティスに思い起こされ、この数分間の狂乱を吹き飛ばした。「神よ」悲鳴のように言った。「どういうことかわかっているのか――写真を取られたんだぞ！」

それ以上言葉が出ず座り直すと、今度は突然裸の体を隠したくなって部屋着を掴んだ。

「へえ、そうなの？」ダ・シルヴァは目をむいて言った。「まさにそこがポイントじゃないか」

カーティスはまくしたてた。「逮捕されるかもしれないんだぞ！」

「死ぬよりはましだ。頼むから、慌てるな。僕たちは図書室で抱き合っているところを目撃されただけで、部屋に戻ってから写真に撮られるなんて思いもしなかった、つまり奴らの計画を知らない、つまり警報は間違いだった――ということだ。君がここで発作を起こさない限り、とりあえず疑いは晴れた」ダ・シルヴァは半笑いを浮かべた。「礼には及ばないよ」

カーティスはその言葉に呆然となった。「でも写真を使って何かされたら？　警察に渡されたら？」何ということだ。ダ・シルヴァの口技五分、猥褻行為で二年の刑だ。

「バカ、奴らは脅迫者で、警察には行かない。僕がフィルムを取り戻せばすむだけだ」腹が立つほど冷静な様子だ。「落ち着け。大したことじゃない」

「大したことではない、い、いい、いない？　君はこんな不名誉な容疑でつかまることに抵抗はないかもしれないが――」

ダ・シルヴァの表情が固くなった。「屋敷の主人の引き出しに手をかけているところを見つかるよりよほどいい。君がまぬけにワイヤーに突っ込んだ時には、まさにそういう状況だった」

「そんなことはわかっている！」

「声を下げろ」ダ・シルヴァがたしなめた。「他に疑いをそらす方法があったなら言ってくれ、僕の汚いやり方で、気高い体を犯されたと文句を言う前に」

カーティスはそんなことを言った覚えはまったくなかったし、勝手に言葉を曲げられるのは気に入らなかったが、今はその議論までしている暇はなかった。「さっきよりどう状況がよくなったと言うんだ？」

「頭を殴られてセコイアの森の下に埋められていない」

「その方がマシだ！」カーティスは声を囁きに抑えるのに苦労した。「君はああいう写真を撮られるのに慣れているかもしれないが――」

「そう、かわいそうに、よほどひどい経験だったんだな」ダ・シルヴァの低くゆっくりとした口調は凍った怒りに満ちていた。「君は国の殉教者だ。人を欺くことは苦手だと言っていたが、実は才能あるんじゃないか？　僕の印象では、さっきは苦行を耐え忍んでいるようにはとても思えなかった」意地の悪い微笑をカーティスに向けた。「なんだかんだ言って、イッたじゃないか」

あまりに無礼だった。カーティスは思わず応えていた。「君がイカせたんだ！」

どうしようもなく子供っぽい応答だったと気がついた時、ダ・シルヴァは立ち上がっていた。「僕のやり方に巻き込んで悪かったな。次回からは自分で鍵を開けて、自分で問題の答を見つけて、自分で自分のものをしゃぶってくれ」

部屋を出て行くのを、カーティスは呆然と見つめた。

しばらく空を見ながらベッドに座り込んだ後、自動的に眠りにつく準備した。鏡を見ないようにして、考えないようにして、廊下の向こうの音を聞かないようにしたが、もちろん何の音もしなかった――向こうにいるのはダ・シルヴァだ。

灯りを消して暗闇の中でベッドに横たわった。

あれは必要なことだった。図書室で見つけた証拠に疑いの余地はなかったし、アームストロングがどんなことをしても秘密を守ろうとするのは明白だった。使用人たちは二人を疑いの目で見ていた。何とか、何かをしなければいけなかった。カーティスには百年あってもダ・シルヴァの解決策は思いつかなかっただろうが、さっきも今も他に選択肢を思いつくことはできなかったので、文句を言う筋合いはほぼなかった。

苦行だったふりをすることは、もちろんできなかった。そう、自分は楽しんだ、でも誰があれに抗える？　どんな男でも同じ快感を得たであろうことを、カーティスは確信していた。あの驚くべき技巧、細く熱い喉、纏わりつく舌。長い間誰とも親密に接して来なかった男ならなおさらだ。男子には欲求があり、ダ・シルヴァはどうすれば満足を与えられるか、知り尽くしていた。

カーティスを口に含みながら、ダ・シルヴァ自身も楽しんでいたことも確信していた。聞こえていたあの、低く鳴る喉、小さな快感の声……そのことが何か行為の意味に違いをもたらすだろうか？　つまり、変態（クィアー）のそれに、なるのだろうか？

それはない。ダ・シルヴァが行為を楽しんだかどうかはカーティスには無関係だ。変態（クィアー）かもしれないが、気障（きざ）な態度と硬い殻の下に隠れて、心根はいい男のようだ。あの行為を苦行だったと思って欲しくはなかった。

そう考えると、もしダ・シルヴァがそうでなかったなら、いったいどんなことになっていたのだろう。どうだったんだ？　もしカーティスがダ・シルヴァの前に跪き、口の中に受け入れる側だったとしたら……。

　心が落ち着かなかった。眠らなければ。

　ここに来てからあまりよく眠れていなかったし、軍での生活で、心を無にし、心配事を追放して眠りにつく術を身につけていた。眠りに落ちる寸前、カーティスが思い浮かべたのは、あの引き出しの中身でも、その後の出来事でもなかった。撫でるように革手袋に押しつけられた、ダ・シルヴァの頬の感触だった。

第六章

　翌朝は、雨だった。

　カーティスは他の客と一緒に朝食の席についた。ダ・シルヴァにはつくづく朝寝の癖があると見え、その中にいなかった。カーティスはほっとした。もちろん、話をする必要はあった。摑んだ情報を当局に届け直ちに動いてもらうため、方策を練らなくてはならず、そのためには昨夜の出来事で崩れた関係の平衡を取り戻すことが急務だったが、話を少々延期するのはこの際歓迎だった。口の中で達した相手の目を見て話すのは、やはり気まずい。

アームストロング一家と礼儀正しく会話をするだけでも既に十分辛かった。

召使いたちが主人に昨夜のことを報告しただろうことは確信していた。アームストロング家の内の一人、あるいは三人ともが、カーティスがダ・シルヴァと何をしたか知っている。そう思うと、気持ちが落ち着かなかった。もちろん、アームストロングは知っているとは言わないだろう。言うとしたら、それは脅迫の始まる時で、カーティスはその時は直ちに力に訴えようと心に決めていた。そうなったら、むしろほっとするだろう。しかしアームストロング一家が平静を装い続けるとしたら、いくら理解のある主人であっても、図書室で不適切かつ違法な行為によって警報を鳴らした客に対して一言あるだろうし、ヒューバート卿が静かに譴責（けんせき）の言葉をかけることに決めたら、カーティスは黙ってそれに耐え、謝罪をする必要さえあるだろう。

屈辱を覚悟して、ダ・シルヴァを呪いながら朝食に降りてきたのだが、どうやら別荘滞在の見て見ぬふりのルールが適用されているようだった。ヒューバート卿はにこやかで、雨天を大げさに嘆くアームストロング夫人は素晴らしく活き活きしていた。ジェームスとランブドンは上品な英国人男性らしく会話をしていた。

皆があまりにも感じがいいので、食事を摂（と）りながら、昨夜がますます夢の中の事のように思えてきた。この気さくで上品な人々と、あの忌まわしい戸棚とその中にあった反逆と裏切り、そして死の書類束とを一致させることができなかった。昨夜の出来事が嘘のように思えたが、カーティスの黒い革手袋には、ダ・シルヴァの髪の毛を掴んでいた部分にまだ光沢が残っていた。

ダ・シルヴァは朝食の半ばで現れた。くぼんだ両眼には寝不足の隈ができていたが、服装は完璧で、髪は後ろになでつけられていた。カーティスは、髪油などつけなければいいのに、と思った。昨夜のダ・シルヴァの乱れた前髪が心に浮かび、瞬きをして追い払った。

ぎこちない会釈を送ったが、無表情な視線が返ってきた。

「ダ・シルヴァさん、皆さんに言っていたのよ」アームストロング夫人がその澄んだ声で言った。「午後、雨が上がったら、鍾乳洞まで歩きましょう、って。ほんの数マイル先ですし、とてもドラマチックで、きっとインスピレーションが湧きますわ」

「お断りします。僕は地下というものを嫌悪しているのです。編集の仕事も残っていますし、皆さんどうぞ、探検を楽しまれてください」ダ・シルヴァは、ご婦人の、それも家の女主人の誘いを断るのが無礼ではないとでも言うように、ニシンを皿にとった。カーティスはその神経の太さを認めないわけにはいかなかった。他の男たちは「しょせんこういう男だ」というような視線を交わした。

「それまでは、ゲームルームで楽しんでくださいな」夫人は続けた。「カードでも、ビリヤードでも、それからもしお天気が回復しなかったら、ジェスチャーゲームで遊びません？」

「素敵！」カルース嬢が嬉しそうに言った。「ジェスチャーゲーム、大好きなの」

カーティスはダ・シルヴァの方を見ずにはいられなかった。詩人は、猫のような繊細さで、小骨を避けることが心のすべてを占めているかのように、燻製の魚を食べていた。

なるほど、ジェスチャーゲームか。


朝食後、カーティスとグレイリング、そしてホルトは、ビリヤードルームに移動し、成り行きでダ・シルヴァも一緒になった。ジェームス・アームストロングとランブドンは、クスクス楽しそうに笑い合うカルース嬢とグレイリング夫人と共に出て行った。アームストロング夫人はその様子を笑顔で見ていたが、少し凝視が過ぎるようにカーティスは思った。

「君はプレーできるのか、ダ・シルヴァ？」ホルトが疑わしげに尋ねた。

ダ・シルヴァはなんのことなしに言った。「昔ほどはやらないけど。ルールは覚えている」

「どう対戦する？」ホルトが訊いた。

「私は君と対戦するよ」間違った男と組みたくないとばかりに、グレイリングが慌てて応えた。

ダ・シルヴァの口が嘲笑でゆがんだ。

カーティスが言った。「では、君と私だ、ダ・シルヴァ」

「その手でプレーできるのか？」ダ・シルヴァは頷きながら、キューにチョークをつけるカーティスの手を示した。

「さんざん練習している。心配するな、君が有利ということはない」絶妙なブレイクショットを決めて、満足して体を起こした。

「安心するのは早いかもよ」ダ・シルヴァはそう言うと、次のボールを二つ、ポケットに沈めた。

カーティスは、ダ・シルヴァがプレーする様子に最初は驚いたが、やがて敬意を持って見つめた。鍵穴に向かっていたのと同じ巧みな手でキューを操り、ゲーム全体を見渡しながら、最小限の優雅な動作でテーブルの周りを動き、一発を打つ前に次の動きを計算している。それなりにプレーはできても決して戦略家ではないカーティスは、率直に感心をしながらその姿を見ていた。

難しい一突きのため、ダ・シルヴァが身を乗り出した。黒い髪が一房落ちると、頭を振って顔から外した。男たちは皆ウェストコートとシャツスリーブの姿になっていたので、たくし上げた袖から褐色の上腕が見えた。テーブルの上に身を乗り出した姿勢のため、すらりと優雅な身体に服がぴたりと張り付き、あのきつめのズボンが、引き締まった、形のよい尻を浮き上がらせた。その唇は集中のせいで少し開いていて、カーティスは突然、強烈な幻視に襲われた。テーブルの上に横になり、黒髪の頭を押さえつけ、その魅惑的な口に自分のモノを押し込んでいる――。

カーティスは自分の呼吸で喉がつかえる音を聞いた。ダ・シルヴァの頭はショットを打つと同時に起き上がり、ボールはクッションに跳ね返った。

「しまった。君の番だ、カーティス」

自分にほんの少し不満だという程度の声だった。カーティスは黙って頷き、次のショットに失敗し、当たり前の大差でゲームに負けた。

「なかなかやるじゃないか」ホルトがこちらを見ていた。「両方の手の持ち主と対戦したら、どうなるかな？」

「同じことさ」ダ・シルヴァは艶やかに笑った。

「そうかい。賭けてやらないか？」

「いいや」

「自信がないのか？」

「その反対だ」

「では、私が代わりにダ・シルヴァに賭けよう」カーティスは、雰囲気が刺々しくならないよう間に入った。「こんなにこっぴどく負けたのは初めてだ」

「一ポンドで負かしてやる」ホルトはあからさまな冷笑を浮かべてダ・シルヴァを見た。「自分で賭けないのか？　そうか、君らは金にうるさい人種だったな」

ダ・シルヴァはまぶたを伏せたが、唇には笑みを浮かべたままだった。「もっと賭けないのか、カーティス。君の名誉がかかっている」

「私ならやめておく」グレイリングは居心地悪そうに言った。「ホルトはかなりの腕前だ」

ホルトは小さく肩をすくめた。「勝つ自信はある」
「本当にそうかな」ダ・シルヴァがつぶやいた。
「五ポンドにしよう」その言葉に誰かが反応する隙を与えずに、カーティスが言った。
「野心家だな。君から金をとるのは心苦しいよ。そら」最初のショットの順番を決めるために投げるコインを、ダ・シルヴァに放った。「それ、返すのを忘れるなよ」

コインを投げるところだったダ・シルヴァは、人差し指と親指でコインをつかむと、テーブルのラシャの上に落とした。「お先にどうぞ」

ホルトは敵意のある目を向け、コインを拾った。ダ・シルヴァは微笑んだ。「儲けた金で一杯おごってくれ、カーティス」
「知らないぞ」グレイリングが唸った。

カーティスはこれまでの対戦でホルトがいい選手だということを知っていた。二人の実力は、最初は互角に見えた。集中して顔をしかめ、ホルトは真剣にゲームに挑むタイプだった。ダ・シルヴァはその集中を遮るようなことはせず、決してスポーツマンシップに劣るとは誰にも言えなかったが、ホルトがプレーをしている横で、腰に手をあて、首をかしげ、気取った様子で立つ姿は、勇ましさを尊ぶ男を不快にさせるべく計算されているように思えた。実際そうなのだろう、と、カーティスは思い至った。

テーブルの上のボールが半分ほどになったところで、時計の鐘が鳴った。ちょうどショットを打つところだったダ・シルヴァは、息を呑んで起き上がると、大げさにキューを上げた。

「今のは、半の鐘？　素敵なお仲間と一緒だと、時が経つのが早いこと。でも、そろそろ仕事に戻らないと。たくさんやることがあるんでね。芸術の女神が犠牲を要求している」

「途中でやめるんじゃないだろうな」ホルトが訊いた。

「まさか、そんなつもりはまったくない。でも、これ以上ぐずぐずしてもいられない」ダ・シルヴァはキューにチョークを付けると、テーブルに身を乗り出し、ただの一発も外すことなくすべてのボールをポケットに沈めにかかった。

英国男児たちはあっけにとられて見ていた。ダ・シルヴァは蛇のように滑らかに動き、少しもためらうことなく、そして恐ろしいほど素早く、打ったボールがポケットに沈むのを待ちもせずに次のボールを打っていった。部屋の中は、ホルトの荒い息使いと、ボールがラシャの上を滑る音、そして象牙と象牙がカチッと当たる音が聞こえる以外は、完璧に静まり返っていた。

最後のボールがポケットに消え、ダ・シルヴァは立ち上がった。「はい、以上」ホルトに向き直った。「これで終わり。カーティスに賭け金を払うのを、忘れないで」

ラックにキューをはめると、ゆっくりと上着を身につけ、袖のカフスを止めて、ゆったりと歩いて出て行った。

「まぁ、なんと」グレイリングが沈黙を破った。「正直驚いた」

「やっぱりそうだ」ホルトは真っ赤だった。「あの男は詐欺師だ」

「バカを言うな」カーティスが言った。

「バカだと？　あれを見なかったのか？」

「明らかにホルトをからかっていた」空気を読まずにグレイリングが言った。「いつでも簡単に負かすことができたんだ」

　ホルトがきっと睨みを返した。「だから詐欺師だって言うんだ。イーストエンドの不良のユダヤ人どものビリヤードホールでは、ああいうプレーをする――」

　カーティスが遮った。「そうかもしれないが、金を賭けるのを断った男を詐欺師呼ばわりすることはできない」

「なんで君が奴の味方をするのか、理解できない」ホルトは憮然として、カーティスの裏切りに少し傷ついたようだった。カーティス自身も驚いていたが、事実は事実だった。

「金のためでなく、正々堂々と戦って、君に勝ったんだ。奴は優秀なプレーヤーなのだから、我々はよき敗者であるべきだ」カーティスは間を置いて、言葉の意味が相手に伝わるのを待った。行儀の悪い敗者は、もっともみっともない生き物だ。ホルトがぎゅっと唇を結んだ。「それでは、私が勝った五ポンドを取り返すために、引き続き勝負するか？」

　その後二ゲームほどプレーして、カーティスは勝ったことになっている五ポンドのかなりの部分を負けた。逆立ったホルトの毛もそれでだいぶ落ち着いたが、まだ根に持っている様子だった。カーティスは、それも無理はないと思った。

とはいえ、ダ・シルヴァが悪いわけでもなかった。ホルトは侮蔑的な言葉をはっきりと口にしたわけではなかったし、ダ・シルヴァもそういった扱いに慣れていることは想像できた。実際かなりの頻度でひどいことを言われているだろう。しかし、ボーア人を相手に戦った経験のあるカーティスは、武器もろくに持たない少数の農民たちが、頑固な誇りだけを頼りに立ち上がり、大英帝国を排斥しかけたことを知っており、その時と同じ目の光をダ・シルヴァの濡れた瞳に見て取っていた。学生時代に習ったラテン語の標語が頭に浮かんだ。Nemo me impune lacessit――我を怒らせた者は、きっと後悔する。

カーティスは頭に居座ったままの男を探しに出かけて、一つ目に当たった場所――図書室で発見した。中に入ると、マートン嬢とカルース嬢が書棚を探索していた。ダ・シルヴァはデスクに座り、作業に集中していた。髪の毛はすっかり整えられている。

カーティスは、女性たちを気にしながら近づいた。「いいゲームだった。君はなかなかのプレーヤーだ」

「何年もの鍛錬の成果だ」ダ・シルヴァは顔を上げなかった。目の前には辞書が二冊と、編集をしていると思われる手書きの原稿が置かれている。カーティスは覗き込んだ。元原稿の手書きの文字はひどい悪筆だった。ダ・シルヴァの手による注釈はきれいにループした洗練された字体だったが、残念ながら薄茶のインクで記されていた。反対の向きから読むために、カーティスは目を細めた。

「レヴィの原稿の編集作業は、観客向けのスポーツではない」ダ・シルヴァのペンが紙をひっかいた。カーティスと話すために時間を割くつもりはないらしい。

「レヴィとは何者だ？」

「フラグメンタリストの中心的存在だ。英国で存命の最も偉大な詩人の一人」ダ・シルヴァは書いた文字を眺めるとそれに線を引いて消しては、言った。「アルフレッド・オースティンの名前を口に出したら、君を殴るぞ」

「ダ・シルヴァさん！」フェネッラ・カルースがクスクス笑った。「オースティンさんは桂冠詩人ですわ」

「つまりそれが、現体制の芸術的な空白の証明というわけだ」話しながら、ダ・シルヴァはカーティスに読める方向で、活字体の明確な文字で紙にこう書いた――**装飾塔、1時間後。**カーティスの注意をひくためにその上をペンで軽く叩くと、数秒待ってから、メッセージを上から書き消した。「仕事を続けるので、放っておいてくれ。軍人風の姿勢は芸術の女神とは相容れないので」

「邪魔をしてすまなかった」カーティスは小声で言って、マートン嬢に目で挨拶し、屋敷内に借りられる防水コートはあるだろうか、と考えながら歩き出した。

第七章

長々と雨の中を歩いて装飾塔にたどり着く頃には、身体がすっかり湿っていた。いつも程は脚に痛みを感じなかった。膝頭に大きな損傷はない、そう医者たちは口を揃え、既に完治していてもいいと言われていた。カーティスは当時も今も、その言葉を信じていなかった。ジェイコブスダールで受けたような傷は、決して癒えることはないのだ。しかし、丘の頂上に立つだらない装飾塔に向かう途中、膝の痛みや血と乾いた土について思い浮かべることはなく、ダ・シルヴァの暗い池に棲む生き物のような、ピークホルムの澄ました外見に隠れた醜い真実と、これから会う細身の男について考えていた。

塔の中に入ると、借りた防水コートを振って水気を飛ばした。

「上だ」階上から声がして、カーティスは驚いた馬のように立ちすくんだ。「扉を閉じて」

チェストの上に防水コートを放り、扉の大きな鉄製の支えにオーク材のかんぬきをはめた。ヒューバート卿あるいは卿に雇われた建築家の細部へのこだわりによって、扉には小さな軍隊を押しとどめるほどの強度がある。その後、階上に上がった。中二階は丸い塔の幅の半分ほどを占め、厚いオーク材の床は地上の敷石よりも足に温かかった。ダ・シルヴァは腕を組んで肩を壁にもたせかけ、窓から離れて立っていた。肩には、襟に毛皮のついた大きめコートを羽織っていた。

「ここはだいぶ温かいな」カーティスは言って、上着を脱いだ。「構造がしっかりしている」

「せっかくの廃墟だから、過ごしやすく作ったんだろう。昨夜について話そう」

カーティスは息を呑み込んだ。「ああ」

「脅迫と反逆。ここの住人に見抜かれることなく情報を当局に知らせ、疑いをそらすために行なった行為の証拠を排除する必要がある」

疑いをそらすため——か、カーティスは思った。自分のモノを上下するダ・シルヴァの熱い口、性器の頭を舐める巧みな舌、身を乗り出した時に裸の太ももに触れた乳首のリング。

「そうだな」

「君と同じく、僕も二週間の招待を受けた」ダ・シルヴァはいつもの冷静さで続けた。昨夜の生々しい記憶が洪水のようにカーティスに押し寄せていることに気づいているのだとしても、顔には表さなかった。何人もの男を経験しているから、もう一人くらいどうということないのか?「通報するまでそんなに長く待っていられない。僕らのどちらかがボロを出すかもしれないし」

「どちらかというと私が、だろう?」

　ダ・シルヴァは肩をすくめた。「とはいえ、どうやって助けを求めにいけるのかがわからない。屋敷の電話は専用の交換機が設置されていて、交換手を通してつながる。そいつもアームストロング家とピークホルムの使用人だ」

「会話を聞かれる、と？」

「間違いなく。手紙や電報を送るという手もあるが、客の郵便を開けるくらいのことはやりかねないし、僕や君の物は確実に見られるだろう。罪を自白していないか、他に脅迫できる人間がいないか、調べるために」

「私もそう思う。そうなると、私たちのどちらかが滞在を短く切り上げる必要がある」

「それが一番の選択肢だ。屋敷の主人に対して、大変無礼なことだけど」

「君にならできるさ」カーティスは言った。

　いたずらっぽい光がダ・シルヴァの目に宿った。「確かに」少したためらって続けた。「君を困らせたくないが、昨夜撮られたかもしれない写真についても話す必要がある。写真は撮られたと考えるべきだと思う」

　カーティスは頷いた。それがどんなものなのか、手に取って見ているかのように想像ができた。自分の裸の筋肉質の胸、快感にゆがんだ顔、太ももの間に頭を埋めているほっそりした褐色の肌の男。

「問題は撮られたフィルムや焼かれた写真を見つけることではない。それらを抜き取ってしまったら、僕らがアームストロング家の悪事を知っていることが明白になってしまう、ということだ。その時の彼らの選択肢は、僕らと対決するか、戸棚の中の証拠を隠滅するか、その両方だ」ダ・シルヴァは重いコートを脱ぐと、丁寧に床に置いた。「確かにここは温かい。僕の選択肢は、彼らの違法行為の証拠をすべて持って、立ち去ることだ。ここには車で来たのか？」

「運転できないんだ」カーティスは絞り出すように言った。いったいどうして平静に話ができるんだ？「右手が。ハンドルを握ることができない。君は、運転は？」

「できない。歩く、という選択肢もあるが、この天候の中、山道を三十マイル行くのは気が進まないのは、僕だけではないと思う。だいたい、アームストロングの男たちの方が早く動けるし、土地勘もある」

「追跡を逃れるには、この辺りは見晴らしが良すぎる」少なくともこれは慣れた話題だ。「隠れる場所がほとんどなく、見通しがいい。狩猟の経験は？」壁にもたれかかるすらりとしたベルベットを着た姿は、野外活動に慣れた男には見えなかった。

ダ・シルヴァは身震いした。「まさか、神よ、あるわけがない。狩りなどしない。つまり、さっさと出て行く選択肢はない、というわけだ。であれば、君がロンドンに戻って、君のモーリス伯父さんと話をすべきだと僕は思う。これはあの人の領分だ。結果を電報で送ってくれ——何かしら害のない文言を決めておこう——、そうしたら警備隊がここに来る前に、例の写真を盗み出しておく」

カーティスはこれには眉をしかめた。単純な話のように聞こえたが、結局は悪人の巣に留まり発見されるかもしれない危険にさらされるのはダ・シルヴァ一人だ。「君がロンドンに行って、私が残るのは？」

「君は鍵が開けられない」

「そっちだって警報に困るだろう」

「細工を見ていた。難しくはなさそうだった。教えてくれればいい」

可能だったが、それでも賛成はできなかった。「アームストロングたちに襲われるリスクは、私より君の方がだいぶ高い」理由を説明する必要はなかった。もし家柄のいい裕福な戦争の英雄、アーチー・カーティスの身に何かが起きたら、重要人物たちが黙っていない。恐るべきモーリス・ヴェイジー卿と歴戦の強者ヘンリー・カーティス卿は、生死がどうあろうと、甥を探し出すまでしつこく食い下がるだろう。ダ・シルヴァには家柄も社会的立場もなく、実力者の友人もいないだろう。アームストロング一家も、浮き草（デミモンド）のようなポルトガル系ユダヤ人が一人消えようと誰も気にしないと判断するだろう。もし何かあったら、もちろんカーティスが大騒ぎするが、その時では遅すぎる。

ダ・シルヴァは首を振った。「そうとも言い切れない。この事件は君が思っている以上に冷酷で無慈悲だ。言っては悪いが、君にはこの事態に対応する能力がない」

カーティスは言葉を失って相手を見つめた。このなよなよした男は何と言った？　能力がない、だと?

大きく息を吸った。「自分の面倒は自分で見られる。ひらひらしたオカマ野郎に比べたら、よっぽどまともにな。情報は君が持ち出すんだ。君が得意なのは、話すことだけだ」

「おっと、難敵に敢然と立ち向かう英国軍人の登場、というわけか。ここにガトリング銃はないぞ」ダ・シルヴァの口調は辛辣だった。

「アームストロング家なんぞ、怖くない」

「これは戦闘じゃないんだ。大事なのは証拠で、それをどうにかしてこちら側にたぐり寄せて、この混乱が収まった時に、逮捕されるのがあちら側で、僕らではないということ。もしもアームストロングたちが当局の見る前に戸棚の中のものを処分してしまったら、僕らの負けだ。例え写真を使われても、君はせいぜいスキャンダルに巻き込まれて、最悪でも二年間の刑だ」

「もしアームストロングたちが、君が嗅ぎ回っていることに気がついたら?」カーティスは訊いた。「セコイアの森の下の浅い墓はどうなった?」

ダ・シルヴァはたじろいだ。「そうはならないように努める。議論をしている場合じゃない。ロンドンに行って、後は任せてくれ」

「行けるか」カーティスは一歩前進した。「君のスカートの影に隠れるような男だと思ったら——」

「何だって?」

「他の誰かの命に代えてまで、自分の名誉を守るつもりはない」カーティスは歯を噛みしめながら言った。「そんなものは名誉ではない。言っている意味がわかるか？」

「ただの南方野郎の僕だって、名誉の意味はよく知っている」ダ・シルヴァは口の周りが白くなっているように見えた。「昨夜君に行為を強制したのは僕だ。結果には僕が対処する」

「女じゃあるまいし、メロドラマの売春婦のように君に守ってもらう必要など、私にはまったくない」カーティスは相手の顔を睨みつけた。「私に命令するとは、何様のつもりだ？」

「ああ、まったく。今は君の自尊心を取り戻す話をしている場合ではない」

「何？」

今やカーティスはダ・シルヴァのすぐ近くまで迫っていた。細身の男は壁に背をつけていて、黒い瞳に不安が浮かんでいたが、引き下がる様子はなかった。

「昨夜は君の男らしさを奪うような状況になり、すまなかった」ダ・シルヴァは吐き出すように言った。「君のモノをしゃぶったりして申しわけなかった。謝罪する。あんな自尊心を奪われるような経験の後では、戦争の英雄らしく気高い行いをしたいのはわかるが、僕にとっては、僕らのどちらも傷つくことなくアームストロング一派を刑務所送りにすることの方が大事だ。わかるか？」

カーティスは言いたいことがあり過ぎて言葉を詰まらせた。言ったことを撤回させたいという怒りと、この目の前の無礼な男を黙らせて、身の程を思い知らせてやりたいという思いとが、心の中で煮えたぎっていた。何よりも最悪だったのは、ダ・シルヴァの生々しく恥知らずな物言いによって露わにされた感情だ。殴りつけてやりたかった。昨夜、ダ・シルヴァが図書室でしたように、掴んで手前に引きずり出したかった。相手に手を触れたら、何をするかわからなかった。

「謝罪する」ダ・シルヴァの声は謝罪をしている男というよりは、ケープコブラの出す音に近かった。「そのためには自分を卑下して、君の前に這いつくばるよ。そういうことだろう？跪くのはどうだ？」

カーティスの心臓が止まった。心に浮かんだ情景に感覚を残らず占拠された。話すこともできず、自分を裏切る顔の表情を抑えることさえできなかった。一瞬、静寂が支配した。

「ふーん」ダ・シルヴァが言った。

胸が苦しく、ほとんど息ができなかった。ダ・シルヴァの瞳は無表情で、開いた唇が近くに迫った。

「そういうこと？　もし僕が跪いたら、そうして欲しいんだ？」

言語道断だった。こんなことは正当化できない。言い訳もできない。しかしカーティスは既に銃の砲身のように硬直していて、ダ・シルヴァは明らかにそれを知っていた。

ダ・シルヴァが壁から体を離し真っすぐ立つと、顔がカーティスから数インチまで近づき、触れられるくらいそばに来た。「カーティス、条件がある。もし僕がこれをやるのなら、それは君が望んだからだ。君が頼んだからだ。嫌がる君に無理やりやったとは言わせない」

カーティスはそんなことを言うはずがないという意味の不明瞭な音を出した。ダ・シルヴァの瞳がじっと見つめていた。「言っている意味はわかるな。もしここで僕が君のモノをしゃぶることで、君の傷ついた男らしさが救えるのなら、はっきりそう言ってくれ」

カーティスには、ダ・シルヴァがなぜカーティスが男らしさを失って傷ついていると思っているのか、理解できなかった。これほどまでに自分を男らしく感じたのは数年ぶりだった。ジェイコブスダールは、手の指や友人たちと共に、カーティスの性的欲求をも奪い去った。この数ヵ月、左手を使って自分を慰めることすらしていなかった。今、目の前の開いた唇にできることを想像すると、カーティスはダ・シルヴァがまるでダムを爆破して、干上がった大地に激流を流し込んだかのように思えた。

だが詩人ではないカーティスは、それは口に出さなかった。

「何をして欲しいか言って」ダ・シルヴァの声はこわばり、息づかいは荒かった。

「やって……やって欲しいんだ」

「何を？」

「跪いて」カーティスは言った。「私を吸ってくれ」

ダ・シルヴァはポケットからハンカチを引っ張り出すと、床板の上に広げ、その上に跪いた。

カーティスはその動きを、信じられない思いとたまらない欲求とで動けないまま見ていた。

ダ・シルヴァはそのまま上を向くことなく、カーティスのウェストバンドに手をかけた。ボタンが外れ、布が押しのけられ、痛いほど硬直した分身があらわになった。ダ・シルヴァの端正な顔の隣で、それは巨大に見えた。

「どうしたい？　口の中でイキたい？」

「神よ、そうだ、頼む」

「丁寧にお願いされるのは素敵」ダ・シルヴァはつぶやいて、カーティスを口の中に含んだ。

カーティスは、自分の太い性器がダ・シルヴァの口の中を出たり入ったりするのを、まるで他人に起きていることのように見下ろした。服の上からでも、触れられるのは素晴らしい感覚だった。ダ・シルヴァの舌と喉は分身を包み込み、カーティスの尻に手が回った。ダ・シルヴァに合わせて小刻みに動きはじめると、触る指に力が入り、片手が下着の中に潜ってカーティスの睾丸を包み、そして、神よ——後ろの割れ目に沿って指が這っている。

「やめてくれ」あまりの刺激に耐えきれなくなってカーティスが言うと、ダ・シルヴァは指を離し、カーティスは何も言わなければよかったと後悔した。

ダ・シルヴァが頭をカーティスから外すと、唾液で濡れた自分の充血した器官の長さが見えた。「失礼。じゃ、なぜ僕の口をファックしないのさ」

唇が再び先端を包むと、カーティスは言われた通り、強く突いた。頭を摑んで、喉に押し入った。相手が発する切れ切れの喘ぎ声が聞こえ、布越しに尻を摑む両手の感触が強まるのを感じると、相手も達するのだろうかという思いがぼんやりと浮かんだが、今や頭にはダニエル・ダ・シルヴァの口の中で迫り上がる絶頂感しかなく、何度も突き入れると、警告も容赦もなく、詩人の喉に熱い快楽の精を放って爆ぜた。

数秒してダ・シルヴァの頭から手を離した。脚に力が入らなかった。ダ・シルヴァは黒髪が乱れ落ちた頭を垂れ、脚を折り曲げて床に座っていた。

カーティスは震える手で身支度をした。今は小さくなった分身は、苦しいほど敏感だった。ダ・シルヴァは床に跪いたままだった。動かず、言葉も発せず、カーティスを見ることもなかった。

カーティスは何か言いたかった。感謝したかった。小学校で習った諺〝かわりばんこが公平だ〟を思い出して、お返しに相手に触りたかった。この二十四時間で二度も天国へ連れて行ってもらったのだから、当然だ。ダ・シルヴァは体中同じ褐色なのだろうか、割礼した男性はどんな風になっているのだろう、と思った。

黙ったままのダ・シルヴァは、あまり触られたい様子ではなかった。カーティスは、嚙み付きそうな犬をなだめるように、恐る恐る手を伸ばした。反応はなかった。

「ダ・シルヴァ？　君はどうなんだ？」

「僕がどうか、だって？」口調の刺々しさに、触れた指先の暖かさが消えた。カーティスは伸ばした手を下に落とした。

「今のは何だ？」

「何って、君が望んだことだ」ダ・シルヴァは下を向いたままだった。「僕のせいだとは言わせない」

「そういう意味じゃなくて」私が前言を撤回すると思っているのか？　「つまり――大丈夫か？」

　ダ・シルヴァはようやく上を向いた。

「もちろん。素晴らしい気分さ。自分を軽蔑している人間との性交（ファック）はいつだって最高だ」

　この言葉でカーティスはまるで海図にない水域に落ちたかのように混乱し、どちらが海面でどちらが海底かさえわからなくなった。「何を言っている？　私は君を軽蔑などしていない」

「そう」ダ・シルヴァはズボンのほこりを払いながら立ち上がった。

「していない。ナンセンスだ」

「君は僕のことをひらひらしたオカマ野郎と呼んだそのすぐ後で、モノを僕の口に押し込んだ」指先で顎に触れながら言った。「その巨大な持ち物には気をつけた方がいい。被害が出るぞ」

　カーティスは罪の意識を感じた。「怪我はないか？」

「ない。そんなことはどうでもいい」

「どうでもよくはないさ。頼む、待ってくれ」コートをとるために動いたダ・シルヴァの腕を摑んだ。「待ってくれ。お願いだ。私が無礼だった。謝罪する。私は——私は本来の自分でいられなかったことを後悔している」

「そうだろうね。今のは、その思いを軽減するためだったんだろ？」

「そういう意味ではない。私が言いたいのは、君は明らかに勇気のある男だし、脅迫者を追いつめるために既に危険を冒してきた。私はこれよりもひどい状況に陥ったことが何度もあるし、悪質な行為に対抗する術は君よりも持っていると思う。つまり、私は兵士であり、君は——」

「変態（クィアー）？」ダ・シルヴァが言い放った。

「詩人だ」カーティスは言った。「それはつまり、肉体的な危険を冒すべきなのは私だということだ。君を危険にさらしたまま、ロンドンに逃げ帰ることなどできない。私が無能だという物言いは気に入らないし、先ほどの君の表現方法も好ましいとは言えない。とはいえ、私も言い過ぎだった。すまなかった」

　ダ・シルヴァの顔はカーティスがスワヒリ語で話しているかのような表情を見せていた。心底驚いているように見えた。カーティスにとっては明白なことだったので、なぜなのかわからなかった。肩を張って、言うべきことを言った。「それから、もし私が何か問題のあることをしたのであれば、言って欲しい。つまり——」自分の股間とダ・シルヴァの口を指すようなあやふやな動作をした。「経験があまりないので、間違ったことをしたかもしれない。私はこうしたことがよくわかっていない」

　ダ・シルヴァは口を開けるとすぐに閉じ、ようやく言った。「確かに。君はわかっていない。でもどうやら、それは僕の方もだ」

「どういう意味だ？」

「きちんと理解できたかどうか確認させて欲しい。つまり君が怒っていたわけは、それか？　体を張るべきは自分だと思ったからか？　僕は君のプライドの問題かと思って――」

　カーティスは相手に真実を告げるべきだと感じた。「私は半分障害者だ。それは自分が一番よく知っている。この事実と共存するのは辛いし、昔の自分よりも劣っていると思い知らされるのは好きじゃない」

「君がかつてどんな男だったかは神のみぞ知るだが、今だって恐ろしくガタイはいいし、馬並みのイチモツだよ」

　カーティスは突然の野卑な表現に瞬きした。ダ・シルヴァは皮肉な半笑いを向けた。「僕の言うべきことじゃないか。つまり、昨夜僕が君に強制をしたから怒っていたのではない、ということ？」

　答え方を探したが、単純に言うことにした。「違う」

「な、る、ほ、ど」ダ・シルヴァはゆっくり口にした。

「違う」カーティスは再び言った。「もし私が怒っていたのなら、なぜもう一度やって欲しいと言うと思うんだ？　あー、君に、感謝している」そう付け加えると頬が赤くなるのがわかった。

　ダ・シルヴァは頭痛を治めるがごとく、鼻梁を揉み始めた。「うーん。君は、ものすごく真っ直ぐな男のようだな。僕はてっきり――誤解した。なるほどわかった。わかったよ」

「何が？」

「直面している状況がね。その意味も含めて」ダ・シルヴァは大きく息を吐いた。「よろしい。まず第一点として、僕は君の肉体的能力に疑問を呈するつもりはない。僕にその資格はないし、端的に言えば、実は暴力が介在するようなことになるとは思えない。必要なのは欺瞞(ぎまん)で、これは君ではなく僕の領分、そこで第二点。正直なところ、遠回しにせずに言うと、僕が君よりこの案件をうまく切り抜ける能力があると言い切る理由は――ああ、実に言いにくい。そもそも言うつもりはなかったんだ」

「何を？」

「つまり、僕が君にここで個人的に捜査をしていると思わせた――というか言った――のは、実は正確ではなかった。僕がここにいるのは、仕事だからだ」

「仕事？　仕事って、十四行詩(ソネット)でも書くのか？」

「違う、僕のもう一つの仕事だ」ダ・シルヴァはカーティスが想像できる中で最も恥じ入ったような表情をして見せた。「僕は外務省機密事務所のために働いている。実のところ、君のモーリス伯父さんの下で。その、特別要員の一人として」

言葉の意味はとれたが、内容は理解できなかった。「外務事務所のために働いている?」カーティスはおうむ返しにした。

「言った通りだ」

「秘密捜査官なのか?」

「その呼び方は好きじゃない。何だか暴力的だ」

「君が?」

ダ・シルヴァは天を仰いだ。「そこまで信じてもらえないのは、逆に喜ぶべきかもしれない。いかにも政府の手先に見える、なんて言われたら、落ち込むからね」

「でも——なぜ言わなかった?」

「秘密捜査官。秘密、さ」

カーティスは息を呑んで、頑固な伯父がこのなよなよした退廃的な男を捜査官に任命した状況を想像しようとして、別の恐ろしい考えに突き当たった。

ポーズなのだ。すべてがポーズだったのだ。ダ・シルヴァは政府の捜査官で、あの言語道断のちゃらちゃらした様子は、疑惑をよせつけないための上等なめくらましだったのだ。昨夜カーティスのモノを口に含んだのは、必要な情報を無事に持ち帰るためであって、さらにきょう、カーティスは、きょう——。

相手を跪かせて、口を使って奉仕させた。それは、ダ・シルヴァがそうしたかったからではなく、自分が強要したのだ。

カーティスは青ざめて詩人を見つめた。

「大丈夫か？」ダ・シルヴァの声が遠くから響くようだった。「カーティス？」

「ああ、神よ」カーティスは羞恥に襲われるあまり、うわ言のように言った。「すまない。本当にすまない。謝っても謝りきれない」

「何を……？」

耐えがたい気持ちだったが、それは自業自得だった。「君は、私はむち打ちの刑に値すると思っているだろうな」

「そうはまったく思わないけど。一体何を悩んでいる？」

「何って、私はたった今君に――」カーティスはダ・シルヴァが跪いていた床を指さした。「あれだ。私が強要した。すべて私のせいだ。本当に申し訳ない」

ダ・シルヴァは床を見下ろして、その後顔を上げ、奇妙な表情を浮かべた。「その怒濤の後悔の原因は、僕が恥知らずの性倒錯者に化けた政府の捜査官だという結論に達したからか？」

カーティスは無理をして相手の目を見た。「謝ることしかできない。まったく想像もしていなかった」

「それは、まったく見当外れだ」ダ・シルヴァは安心させるようにカーティスの腕を軽く叩いた。「僕は政府の捜査官だけど、同時に恥知らずの性倒錯者でもある。もちろん、いつでも頼まれたら君のモノをしゃぶってもいいというわけでないが、初めて僕の口を穢したと思い込んでいるとしたら、一五年とかなりの本数分、遅かったよ」

「おお、神さま、よかった」カーティスがほっとして思わず言うと、ダ・シルヴァの体勢が崩れた。腹を抱えて笑い始めた。カーティスは相手を睨みつけた。「笑い事じゃない！」

「いや、笑える」ダ・シルヴァの目はさも面白そうに光っていた。唇は赤く染まり、髪の毛は乱れて、あまりに魅力的で、カーティスの胸をしめつけた。

カーティスは床に座り込み、頭を抱えた。

ダ・シルヴァは懸命な努力で笑いの発作をおさえると、声がまだ震えていたが、カーティスに言った。「ほら立って、それほどひどい状況じゃないさ」

カーティスは返事をしなかった。短い沈黙が訪れた。

「カーティス？」

無理だ、自分には耐えられない。いったいダ・シルヴァはどうして平気なんだ？　なんということだ、伯父の下で働いているなんて。

「そんなにダメか。なるほど。おっと、もし僕を殴ろうと思っているなら、顔はやめて欲しい、この後も一緒に働かないといけないということもあるけど――」

「一体何を言っているんだ？」

「僕を殴ろうと思っているんじゃないかと思って」

これにはカーティスは顔を上げた。「そんなことをするはずがない！」

「それはよかった」ダ・シルヴァは静かにカーティスの横にしゃがみ込んだ。「僕は暴力が嫌いだ、特に自分に向けられる時は」

「一体どうして私がそんなことをすると思うんだ？」カーティスは動揺した。自分は知識人ではないが、野蛮人でもない。

「なんと言っていいか。男たちの中には、自分のモノを咥えられた後でその相手を殴りつけることで、自分が変態（クィアー）ではないと証明してみせることがあるんだ」

「私は違う」カーティスはそう言ってから、ちょっと意味が違ったように思って、言い直した。「つまり、あれをやったからといって、相手を殴るようなことはしない。そんなにしょっちゅうあることではないし――」ダ・シルヴァは再び笑いをこらえるかのように唇をかみしめた。

カーティスは相手を睨みつけた。「私が言いたいのは、あれをやったからといって、普通じゃない（クィアー）ということにはならない。私はそういう種類の人間ではない」

「もちろんだ」

「というか、私は違うんだ。あれは、ただ……同じことじゃないだろう？」

「全然違うさ」ダ・シルヴァはカーティスの望み通りに答えた。

「いずれにせよ、さっきのことはそういうことが問題なのではなくて」カーティスは脱線した会話の方向を元に戻した。「さっきの行為は私の責任であって、君を責めるつもりは毛頭ない、ということだ」

「お気持ちはありがたいが、誰かのせいだとかいう話ではない」ダ・シルヴァは懐中時計を取り出した。「そろそろ屋敷に戻らないと、昼食の時間になる。少し僕の言うことを聞いてくれるか？」

「私は君の言うことを聞いてばかりだ」カーティスは実感をこめて言った。「よく言うように、君は言葉でロバを後ろ足で座らせることができるよ」

「色々な意味で、君によく似たところのある獣だな」ダ・シルヴァの眉の動きが、言葉から一切の刺々しさを奪い去った。「まず、証拠写真は僕が取り返す、なぜなら僕の方がその役目に適しているから。この件はこれで終わり。次に、僕らの間で起きたことについては、これ以上悩まないように。ちょっとした誤解と、寝不足の夜と、劇的な状況だった、ということで。もう忘れよう」

カーティスが安心すべき言葉のように聞こえた。考える隙を与えずにダ・シルヴァが続けた。

「それから、これが一番重要だ。人が死んでいる。ジェイコブスダールの太陽の下で、夜のテムズ河に浮かんで、男たちが死んでいる。ビーチー岬から海に叩き付けられて、一人暮らしの部屋で銃を片手に持って、あるいは秘密が売買されたことで、次の戦争で――今後も人が死ぬ。アームストロング家の富には血の跡がべっとり付いている。僕はその罪を糾すつもりだ。そのために君が僕に協力してくれることは間違いないと思っている。君は個人的な事柄を、正義に対する義務に優先させることはない男だと、僕は思うからだ」

カーティスは大きく息を吸い込み、言葉の意味を呑み込んだ。「すまなかった、ダ・シルヴァ。もう大丈夫だ」

ダ・シルヴァは頷いた。捜査官から、兵士カーティスへの敬意がこもっていた。立ち上がると、カーティスを立たせるために手を差し伸べた。相手よりも十数キロ分筋肉の重さのあるカーティスだが、その手をとり、少しの間ダ・シルヴァの指の温かさを味わった。

「よろしい」ダ・シルヴァが言った。「僕が先に行くから、五分待って出てくれ。君がロンドンに帰る理由と、その後どう連絡をとりあうか、手段を考える。冷静にして、目立つことをするな。ヴェイジーに情報を届けることが何より大事だ」

「わかった。何をすればいいか言ってくれ。そうでなければ――確か、うまい言葉があったな。供給について」

「〝立って待つ者こそ供給されり〟？」

言いたいことの意味をすぐに汲み取ってくれるダ・シルヴァが嬉しかった。

「それだ。私はどちらかというとじっとしているのが苦手だ」

「そう？　僕は得意だけど」ダ・シルヴァはいつものからかいのこもったものではない、束の間の笑顔を見せると、コートを拾い上げ、静かに階段を下りていった。

カーティスは壁に持たれて座り込み、一体全体自分に何が起きているのかと考えた。

ダ・シルヴァが、秘密捜査官。あの恐ろしいボタン穴と物憂げな態度を思い浮かべると、それは超現実的に思えた。図書室で書き物をしているところであれば、仕事ができる職業人としての姿も想像できた。まったくそんな想像ができないのが、跪いている姿で……。

もうよそう。カーティスの伯父、モーリス卿はダ・シルヴァに実力がなければ捜査官になどしなかったはずだ。少しの間、カーティスは同じ部屋に二人がいるところを想像した。いつもカーティスの背筋をぴんと立たせる、厳格なモーリス卿。ベルベットのジャケットを着て、けだるそうに立つダ・シルヴァ。想像しただけで恐ろしかった。しかしもちろんそんな時のダ・シルヴァは、きりっとしたプロフェッショナル然とふるまうのだろう。俳優のように軽々と役を切り替えるのは造作もないはずだ、そうカーティスは確信していた。常に真実の自分を隠して過ごしているクイアーな連中にとっては、色々な役を演じるのはより簡単なことなのかもしれない――。

ここで思考が止まった。

学生時代、大学時代を通して、常に男ばかりの中で過ごしてきた。オックスフォードでは女性とつきあうこともできたが、他の活動に忙しくその時間はなかった。何よりもスポーツに打ち込んでいたし、その次に、優先順位はだいぶ落ちるが、学位をとることに集中していた。大学を出てそのまま軍隊に入り、その後はずっと、少なくともジェイコブスダールまで、アフリカのどこかしらの駐屯地にいた。つまり、人生のほとんどを男性の中で過ごしてきた。そしてもしも、そうした状況の中で、カーティスが学生時代にしたように他の同級生と戯れたり、軍隊でそうだったように、特別の友人がいたりしたとしても、それはごく普通のことだった。男子には欲求というものがある。

きょうのダ・シルヴァとの出来事は、カーティスの初めての男性経験にはほど遠かった。だが、そのことについて考えさせられたのは、初めてのことだった。

カーティスは目を閉じた。ダ・シルヴァの口の刺激によってもたらされた濡れた感覚がまだうっすらと股間に残っており、一瞬自分を殴りたくなった。

これまで、自分の性的指向についてなど考えたことがなかった。内向的なタイプではないので、そもそも自分について考えることなどなかった。しかし、つい先ほど、嫌がる男に行為を強要したのではないかと思い込んだ時、真実に直面した。

カーティスはダ・シルヴァを欲したのだ。自分のモノに触れて欲しいという肉体的な意味だけではない。カーティスの面倒なプライドをいさめるためだと思って簡単に跪いた褐色の肌の聡明な男が、死ぬほど欲しかったのだ。今朝目覚めた時、昨夜鏡に映った自分の太ももの間のダ・シルヴァの姿を思い浮かべて、股間は硬直していた。ビリヤードルームでは、テーブルのグリーンのラシャに前かがみになった姿を見て、昂りを抑えるのに苦労した。そして、さっきダ・シルヴァが、あの驚くべき、すばらしい口での奉仕を申し出てくれた時は、地上の何ものをもカーティスを引き止めることはできなかっただろう。

お前は自分から吸ってくれと頼んだ。懇願したんだ。

どう考えていいかわからず、カーティスは両手で顔を覆った。

整理しよう。カーティスが、モノを吸われないよりは吸われる方を望んだことは確かで、ダ・シルヴァは男の悦ばせ方を知り尽くしている、恐ろしく魅力的な小悪魔だ。もうずいぶん長いこと性的欲求を覚えることはなくなっていたし、行為そのものにいたってはさらに前からご無沙汰だった。つまり、そういうことだ。

過去の男性との行為は、自分と似たようなタイプの男たちが相手だった。兵士やスポーツマン、気楽ないい男たちだ。カーティスには、クイアーであるということは、ロンドンのクラブで見かける紅をひいた男たちのような、何か特殊で女性的なことをするものだという確たる考えがあった。完璧に整えられた眉ときつめのズボン、そして物憂げな様子のダ・シルヴァもそうだ。

カーティスはそういう男ではなかった。自分がクイアーな人間だとは、まったく感じられなかった。どう感じるのかは置いておくとして、ごく普通の、時として男どうしの時間を愉しむことのある男、ただそれだけだった。ある種の人々にはその違いはわからないだろうが、明らかに違いはある。何がどう違うのかと聞かれると答えられなかったが、確かに違うのだ。カーティスはクイアーではないのだから、違いはある、はずだ。

考えていてもキリがなかった。

カーティスは壁を離れて立ち上がると、一階に下りて防水コートをつかんだ。屋敷に戻ってアームストロングたち、そして国王と祖国への義務に向き合うべきで、自分のことなど考えている場合ではない。もしダ・シルヴァが与えられた仕事に集中できるのだとしたら、元国王陛下の士官アーチー・カーティスは、よりしっかりしなければならなかった。

第八章

昼食はうるさいほどにぎやかだった。カーティスは、知ってしまった情報のプリズムを通して、この田舎の別荘の人間模様を観察した。

ランブドンはグレイリング夫人に狙いを定めたようだ。疑問の余地はない。あからさまにくどく様子は、もはや下品の域に達していた。カーティスはグレイリングに代わって文句を言いたいくらいだったが、当の本人はアームストロング夫人にメロメロになっていた。ジェームス・アームストロングとホルトは相変わらずカルース嬢の好意を競い合っていた。にこやかに笑って二人を公平に扱うカルース嬢は、どちらが好みとはっきり示さずにいた。猫をかぶっているのか、カーティスがどうにも無礼だと感じるようになったこの二人の若者に、単純に興味がないだけなのか？　ダ・シルヴァは、理由はわからないが、なぜか青白いランブドン夫人のご機嫌をとっていた。カーティスはなるべく詩人の方を見ないようにした。その口が、少し腫れて見えるように感じられてならなかった。

食事をしている間に雨は止み、コーヒーとシガーの後で、アームストロング夫人は洞窟への探索行に参加する面々を呼び集めた。今や体を動かしたくて仕方なくなっていたカーティスは、参加することに決めた。ダ・シルヴァが一行の中にいないことには、驚かなかった。何か計画があるのだろう。昼食前に部屋の戸棚の中にランタンとプルオーバーが置かれていた。ダ・シルヴァがいつそれらを図書室から引き上げてこっそり部屋に戻したのか、まったくわからなかった。さすが、隠密行動に優れている。カーティスはそれらのことなどすっかり忘れていた。

ホルトとアームストロングの二人が示し合わせたかのようにカルース嬢を挟み込み、一団から抜け出したので、カーティスは行程のほとんどをマートン嬢と一緒に歩いた。まったく退屈しなかった。実はマートン嬢はただの付添人などではなく、三年連続で射撃の英国選手権婦人の部で優勝したパトリシア・マートンで、二マイルほどの散歩はカーティスが南アフリカから帰還してからこっち、最も楽しいひとときとなった。

寒々しく何も生えていない視界の開けた大地を歩きながら、ペナイン山脈に通じる丘の連なりを横目に、二人はターゲット射撃と狩猟について話し、銃の型や製造業者についての意見を交換し、鳩や雉の長所について議論した。会話を始めると、マートン嬢は可愛らしいというよりは凛々しい女性で、涼やかな瞳ときびきびした動作で、話がしやすい女性だということがわかった。まさにカーティスが将来いつか、自分が結婚するかもしれない相手として思い描いていたような女性だったが、目的地に着く頃にも、そのいつかを早めようという思いはまったく起きなかった。

マートン嬢も必要以上にカーティスの方を見たりすることはなかった。銃について賢明な考察を述べながら、常にカルース嬢に気を配っていた。実際、田舎の別荘での情事などより、新しい友情の始まりの方が、よほど好ましい。

岩場を上がる坂の下で、アームストロング夫人が立ち止まった。

「ここから洞窟の入口まで登ります。皆さん、ちょっとした登りは大丈夫かしら？　あと、暗闇が怖い人はいないわよね？」ざわめくような笑い声が一団に広がったが、ランブドン夫人だけは悲痛なため息をついた。アームストロング夫人が微笑んだ。「紳士方がご婦人を助けてあげては？」

ホルトがすぐさまカルース嬢に寄り添った。アームストロング夫人は同情するかのような笑みを義理の息子に向けて言った。「ジェームス、母を助けてちょうだい」ランブドンは何か囁きながらグレイリング夫人の手をとると、夫人がクスクス笑った。グレイリングは仕方なくランブドン夫人に手を差し伸べた。カーティスはマートン嬢に目を向けた。

「やめてよ」マートン嬢は言った。

「夢にも思わない。どちらかというと、険しすぎたら私の方が助けて欲しいくらいだ」

登りはさほど難しくなく、カーティスの脚はすこぶる調子がよかった。洞窟の口は大きく開いており、訪問者のためのランプがいくつも吊るしてあった。ジェームスとアームストロング夫人が先に出発した。つるつるの石で滑りそうになった夫人を、ジェームスが「気をつけて、お義母さま」と叫びながらしっかりと腕を回して支えた。ちょうどその時、洞窟の天井から水が滴り落ちてきて、カーティス自身も足を踏み外しかけた。

「結構危ないわね」マートン嬢がつぶやいた。「ここは一体どういうところかわかる？」

「まぁ、鍾乳洞だから、雨水が岩盤にしみ込み、岩を浸食している場所だ。なので、いい形の岩を見ることができるのではないかな」

最初のトンネルは地面に粗く段が削ってあるものの、傾斜が激しく滑りやすかった。じめじめして薄ら寒く、空気の流れもなく、濡れて黄褐色に光る壁の表面は肌のようにうねっていた。

「竜の食道の中にいるみたい」カルース嬢が振り返って言うと、湿った壁に声が奇妙に跳ね返った。先頭にアームストロング家の二人、その後にカルース嬢たち、グレイリングとランブドン夫人、そしてカーティスとマートン嬢が続いていた。「あっ」

「どうしたの？　フェン？」マートン嬢が呼んだ。「フェン！」

すぐ前のランブドン夫人が、何かにびっくりしたように急に立ち止まった。

「動いてちょうだい」マートン嬢が言った。「まぁ。なんとまぁ。あれを見て」

カーティスがこれまで見た中でも、立派な鍾乳洞だった。見事な釘状の石が天井から歯のように垂れ落ち、床から起き上がる石筍(せきじゅん)は、まるで燃えてロウの滴る巨大なロウソクのようだった。この光景を見慣れているアームストロング家の二人が、光が一番具合よくあたる場所にランタンを置いた。影が踊り、ゆらめいた。ランブドン夫人が悲鳴のような声を上げ、グレイリングの手にすがりついた。

「すごいわ」マートン嬢は辺りを見渡した。「さらに奥に行けます？」

「どうぞご自由に」アームストロング夫人が言った。「ここは丘の下に蜂の巣のようにトンネルと回廊が通っていますが、ほとんどの道は狭すぎて通ることができません。あまり狭いところにさえ入り込まなければ、迷う心配もありません。もしランタンが消えてしまったら――」ランブドン夫人が呻いた。「大声を上げて待っていてください。地下や暗いところで動くと、さらに迷ってしまいますからね」

一団は散らばった。興味をそそられたカーティスは、頼りにしてくる女性がいないのをいいことに、広めのトンネルに入っていくと、小さな回廊に出た。中の岩肌は中央部の黄褐色ではなく、氷のように白かった。端を歩いて壁のうねりを観察し、この素晴らしい自然の造形が生まれるのにかかった時間を思った。回廊の終わりには人工の小さな石の壁があり、その向こうを覗くと、ほとんど完全な円形の、六フィート（約１８０センチ）ほどの真っ暗な穴が地面に空いていた。

ランタンをかざして下を覗き込んだが、どこまでも黒い虚空が広がっているだけだった。不安になる光景だった。小石を拾って中に投げ入れ、耳を澄ませてみたが、底を打つ音は聞こえて来なかった。

後ろから足音がした。

「すごいだろ?」ホルトは一人だった。「その穴には気をつけろ。ひどい落とし穴だ。間違って落ちたくはないだろう?」

カーティスは姿勢を正した。「どのくらい深いかと思ってね」

「誰にもわからない。何度かロープにランタンをつけて下ろしてみたそうだが、いつも底につく前にロープがなくなったそうだ。何らかの排水穴のようだ。底なしの、地球のはらわたに直結する穴さ」ホルトは楽しそうに言った。

「恐ろしいな」カーティスは深い淵を少しの間見つめた。「カルース嬢をアームストロングに盗られたか?」

「彼女の番犬(ブルドッグ)にさ」ホルトは唇をすぼめて、マートン嬢のきびしい表情を思わせる顔真似をした。カーティスは礼儀を欠くこうした態度が許せなかった。女性に対して言うべきことではない。非難の視線をちらりと送ると、再び奇妙な壁の観察に戻った。

ホルトは非難に気がついていないようだった。「まじめな話、今朝の、我らのヘブライ人の友人との一件をどう思っている?」

「彼は君を正々堂々と負かした。他に何がある?」

「おいおい。あれはプロの動きだった。そうは思わなかったか? 紳士があんなプレーをするのを見たことがあるか?」

見たことがなかった。ダ・シルヴァは詐欺師ではないかもしれないが、明らかにその技術と態度を兼ね備えていた。紳士でないことは明らかだ。ホルトが正しかった。

認めることなく、「いいプレーヤーだ」と返した。「金を賭けたりはしなかったのだから、悪く言う理由はない。私たちと同類ではないかもしれないが、ひどいというほどでもない」

「奴はユダヤ野郎だ」

「そうだが、それがどうした? これはビリヤードの話で、宗教議論ではない」

ホルトはカーティスが共感してくれないので、いらついた様子で首を振った。「君は兵士だった。敵から国を守ることについて、興味があるはずだ」

「ダ・シルヴァからか?」

「あいつのような輩からさ」ホルトはカーティスの顔に戸惑いを読み取ったようで、さらに続けた。「この国は今、停滞状態にある。退廃が僕らを内側から腐らせている。快楽にしか興味を持たない国王には、不倫ざんまいの平民と、浪費家と、国のことなど考えずに金にむらがるような取り巻きだらけだ。真面目な英国臣民は見向きもされず、帝国の礎を支える人々が顧みられることもない。見本を示すべき立場の人間たちは享楽的な生活に心を奪われ、感受性があるとかないとかくだらない戯言ばかりを言って過ごす一方で、少しでも道徳心を持っている人々は古めかしい昔気質と呼ばれるありさまだ。もしダ・シルヴァがモダンな人間の見本なのであれば、僕は昔気質で一向に構わない。君も同じだと思いたいのだが」

「国王陛下の行動に関しては何の意見も持っていないし、その取り巻きに知り合いはいない」カーティスは硬い声で答えた。「その他の点については、一理あると言えよう」数日前なら、カーティスは同意して頷いていたかもしれないが、今となっては、ホルトの言葉は空虚に響いた。「とはいえ――」

「とはいえだって？　まさか、こういうことを認めるのか？」ホルトは片手を回して、洞窟に散らばったグループの他のメンバーを示した。「国のことなどまったく考えずに、快楽を追求して、自堕落に耽っている連中。皆その所業にふさわしい運命を迎えるがいい」

「ふさわしい運命？」カーティスはホルトの目つきに政治的もしくは宗教的狂信者のそれを見とがめ、気に入らなかった。

「こんな時代は長くは続かない。覚えておけ、この国は崩壊する。強く純粋な理想を持ち、そのために大志を抱き行動する男たちのいる新しい国々が、これから立ち上がる。今僕らも彼らと行動を共にしなければ、きっと戦場で顔を合わせることになる。そのためには、内側から国の強さを奪っている寄生虫どもを駆除する必要があるのだ」

カーティスはこれまでもこういった言説を耳にしたことがあったが、実際に制服を着たことのある男たちから出たことはただの一度もなかった。元来辛抱強い性格だったが、ジェイコブスダール以降、安楽椅子戦士を忌み嫌うようになり、応えた声には鋭い響きがあった。「ごもっともな話だ。それで、戦争になったら君は軍に加わるのかい？　そんなにやる気があるのなら、なぜ今入隊しない？」

ランタンの乏しい灯りの下でも、ホルトの顔色が変わるのがわかった。「国に仕える方法は一つだけではない」

カーティスは、他の人間が議論している間に働く、誰にも顧みられないダ・シルヴァの秘密の仕事がまさにそういうものだと思い、傷ついた手で半分の拳を握った。「その通りだ。そして、人が神に仕える方法も一つではない」

ホルトは怒りで鼻を膨らませた。「わかった。ジェームスは君が奴と親しくなったと言っていた。ユダヤの南方野郎（ダゴ）と仲良くしたいのであれば、君の自由だ」

カーティスは踵（きびす）を返してその場を去った。灯りが壁を上下し、滑らかな石の上のでこぼこや、影に立ち現れる奇妙な形を照らし出した。別の通路にいる男のくぐもった声と女のクスクス声が、白い回廊の入口から聞こえてきたが、そのまま通り過ぎた。

実際のところ、カーティスはホルトよりもダ・シルヴァにここにいて欲しかった。驚く顔が見たかったし、詩人がこの素晴らしい場所をどう思うのか聞きたかった。ダ・シルヴァが詳しいとは思えない分野だったので、石灰岩の岩がどう形成されるのか説明をしてやりたかった。

あの暗い池の下の生き物を生み出した想像力が、この時間の彫刻をどう思うのか、知りたかった。カーティスはダ・シルヴァにならきっとこの場所の魅力が理解できて、本当に楽しんでくれるだろうと思った。

中央の洞窟に戻ると、マートン嬢とカルース嬢が天井に見入って、岩の上に立っていた。ランブドン夫人とグレイリングも壁を見ながらぼそぼそと生気なく会話をしていたが、女性二人の方に歩いて行った。カーティスが近づいて行くと、マートン嬢は相方に渋い顔をして見せた。

「ダメよ、フェン」厳しく言った。

「パットったら、そんなに真面目にならないで」カルース嬢は口をとがらせた。「カーティスさん、どうしてもお聞きしたいの。あの素晴らしい本に出てくる洞窟の話は、本当ですの？ここと似ているのかしら？」

伯父の旅の仲間の一人が、二十五年前、ヘンリー・カーティス卿に富と名声をもたらしたダイアモンド鉱山への旅の劇的な記録を出版していた。カーティスはその中の信じがたい一部の記述について、真偽を問われることに慣れていた。「本当です。原住民たちはここととよく似た洞窟を使って、石灰岩を作る水滴の下のテーブルの周りに死んだ王たちの遺体を配置したそうです。やがて人間の石筍に変わるように」

カルース嬢は嬉しそうに肩を震わせた。マートン嬢が疑わしげに見た。「本当のことなの？非実用的で、劇的すぎるように思うけど」

「クォーターメン氏はどちらかというと劇的な物言いをする人です」カーティスは認めた。

「だからこそ本は反響を呼んだ。でも私の伯父の言葉は信用できる」

ランブドンが横穴からグレイリング夫人を伴って戻ってきた。夫人はやや顔が上気している様子だった。マートン嬢が静かに舌打ちをした。続いてジェームスとアームストロング夫人が白い回廊からホルトを伴って現れ、一行は丘を下って荒れ地を越え、ピークホルムとお茶の時間に向かって歩き始めた。


扉にノックがあったのは、カーティスが夕食に向けて着替えている時だった。もしあのしつこい召使いウェスリーが手伝いに来たというのなら……。「はい？」と応えた声は歓迎からはほど遠い調子だった。

「こんばんは」ダ・シルヴァが部屋に滑り込んだ。

「あ」カーティスは言った。「やぁ」

「鏡から見られていることはまずないと思うけど、名目上は、襟のボタンを一つ、借りに来た」

カーティスは一つ取り出した。「はい、どうぞ。進捗は？」

「計画がある」ダ・シルヴァはボタンをポケットに仕舞った。「今夜、少し痛むかのように脚をさすってくれ。専門家に会いに、明日の列車で家に帰るんだ。洞窟探検で脚をやられた、ということで」

「いい考えだ。でも、明日――？」

「一刻も早く情報をヴェイジーの所に届けた方がいい」

「もちろんだ」カーティスは息を呑み込んだ。もちろん、このおぞましい陰謀の館とその麗しき住人たちを置いて、さっさと出て行きたかった。重要な情報を持って行かなければいけないのが自分だということも理解していた。ただ……。

ダ・シルヴァは続けて話した。「応援隊の到着について僕に電報を送って欲しいと伝えてくれ。僕に送るべき文面については、ヴェイジーがわかっている」

「わかった。そうするよ」

「ヘルメットなしで頭を殴られたバイキングのような顔をしているな。大丈夫か？」

「大丈夫」ダ・シルヴァは少し顔をしかめた。カーティスは何とか笑顔を作った。「大丈夫。ちょっと気分が悪いだけだ。さっきホルトといやな会話をした」

ダ・シルヴァの眉がきゅっと上がった。「彼に他の種類の会話ができるのか？」

「たぶん、君に対してはいつもああなんだろうな。どうやってあれに耐えているんだ？」

「僕は、誰にも殴られる心配のない時は、ものすごく無礼な態度がとれる。そこまで気分を害するとは、いったいどんな話をしたんだ？」

「話題にするような価値のある内容じゃない。明日に向けて、ちゃんとやるよ」

「よかった」ダ・シルヴァは扉の横でためらった。既に丁寧に身繕いを済ませた姿は優雅な戦いに備えて髪型も整えられ、ボタン穴にはまたしてもひらひらの花を差していたが、開いたウイングカラーから首筋が覗き、カーティスは目を離すことができなかった。服を捨て去り、解放され、無防備なダ・シルヴァが見たかった。その白いシャツを広げ、ボタンが次々と外れるのに構わず押し開き、あのピアスの乳首を露にして、滑らかな肌に顔を押当てたかった。あまりに唐突で強烈な欲求に、カーティスは息ができなかった。

「助けがいる？」ダ・シルヴァが尋ね、ほんの一瞬カーティスは何を言われているのかわからなかった。

「襟のボタンか？　いや、自分で何とかできる」カーティスは言葉が口を吐いて出ると同時に後悔した。もちろん、自分で何とかできる、あの器用な指で首の周りや胸の前のボタンを付けてもらう必要などない、でも……。

「本当に？」ダ・シルヴァはカーティスの目を見つめた。息づかいが少し荒かった。カーティスの口が渇いた。

「いや、あ……」何も言うことが見つからず、自分のボタンを手のひらに乗せてダ・シルヴァの方に差し出すと、相手の目が一瞬下を向き、すぐに向き直った。

ダ・シルヴァはボタンをつまむと静かに動き、あまりに近くに立ったので、カーティスはその細身の体の熱を感じられるように思った。カーティスの喉に両手を上げ、片方の拳で顎を少し上げさせると、次にゆっくりと、指の甲で首に触れ、喉仏の上から下へ、シャツの下の肌にほんの少し触れるくらいに手を滑らせた。

ダ・シルヴァはボタンを止めるために手を伸ばした。襟の前に指を引っ掛けて優しく前に引いたので、カーティスは思わず前方に体を傾けた。

「ふーん」ダ・シルヴァの息が温かく肌をくすぐった。「僕は謝らなくてはならないようだ」

「何を？」カーティスは何とか口に出した。

「君を困らせた」ダ・シルヴァの指先が髭の剃り跡を撫でた。「今朝の出来事は少々度を越していた。君を動揺させるつもりはなかった」

「そんなことはない」カーティスは話しながら、自分の喉の皮膚にダ・シルヴァの指が触れるのを感じた。

「いや、たぶん少し動揺させた」ダ・シルヴァの唇はあの秘密の微笑みを浮かべた。「楽しい方の動揺だったといいんだけど」

カーティスはけいれんしたように息を呑んだ。ダ・シルヴァは顔をしかめて、少し苛立ったような表情をした。「すまなかった。こんな話をしに来たのではなかった」器用にさっさとボタンを取り付けると、糊のついた襟の素材をカーティスの喉の前で閉じた。「まじめな話、僕のことは心配しないでくれ。その必要はないから」

「しない。待って」カーティスは出て行こうとするダ・シルヴァの肩に手を置いて呼び止めた。何か考えがあったわけではない。ダ・シルヴァは恐ろしいほどぴたっと静止し、警戒の目を向けた。「私も手伝っていいか？　お返しに？」

ダ・シルヴァはためらった。カーティスは、できる限り軽い口調で言った。「やらせてくれないか。頼む」あまり軽いとは言えない調子になった。

相手の唇が開き、やがて笑みに変わった。「ありがたくお願いする」

ダ・シルヴァはウェストコートのポケットから二本の指で巧みにボタンを取り出すと、カーティスの手のひらに落とし、顔を上げて目を見つめると、口がすぐそばに近づいた。カーティスの息が止まった。もし今、少し体を傾けたら——。

人生で一度も、男とキスをしたことはなかった。昨夜図書室で演じた際のあれは、カーティスにはまったく選択の余地はなかったし、あっという間の出来事だった。自ら望んで、他の男の口に自分の口を重ねる……考えもしなかったことだ。考えたことがあったとしても、一度も実行したことはない。男どうしで、たまった精を解放し合うことはあっても、それはあくまでも実用的な行為で、男とキスをするということ、恋人どうしのように——それは二度と戻れない一線を越えてしまうように感じられ、恐ろしかった。

カーティスはそうしたかった。ダ・シルヴァにキスをして、どんな味がするのか、そして唇の感触を知りたかった。ダ・シルヴァは他の男とキスをするのだろうか。

相手はじっとカーティスを見つめながら待っていた。息を呑み、襟で閉められた喉をきつく感じる中、相手の襟のウィングを開き、温かい肌にわずかに指先が触れた。ダ・シルヴァの首で脈打つ鼓動が感じられた。

「注意深いんだな」ダ・シルヴァがつぶやいた。「面白い」

「何が面白い？」カーティスはボタンを穴に通しながら、革手袋に覆われた傷ついた醜い手の形を意識した。

「つまり。そのバイキングのような体格」ダ・シルヴァの目がカーティスの体を上下した。「その素晴らしく完璧なほど兵隊然とした態度。僕としてはもっと、なんと言っていいか、もっと乱暴なやり方をするのかと思っていた。力を持って制すような。ところが君はすごくやさしく少しずつ入れていくものだから、僕には挿入しているのも感じられないくらいで――」

手元が狂った。ボタンの後ろ半分が指からこぼれ落ち、床に落ちた。口をあんぐり開けてダ・シルヴァを見ると、長いまつげの下から間違いようもなくいたずらっぽい瞳が見上げた。

「このバカ野郎」カーティスは言った。

「悪い」ダ・シルヴァは片手を上げてカーティスが話そうとするのを制した。「本当に、悪かった。申し訳ない。君は――君の魅力に抗うのは、本当に大変だ」

「また君に会いたい」カーティスは衝動的に言った。

「会いたい？」ダ・シルヴァの形のよい眉がアーチを作った。カーティスは形を整えていることを確信したが、そんなことはどうでもよかった。美しい眉だった。ダ・シルヴァは美しく、苦しいほど近くに立っていて、手を伸ばして腕の中に引き寄せることもできたのに――。

「言っている意味はわかるだろう」深呼吸をした。「君に借りを返したい」

ダ・シルヴァは目を丸くして、唇を開いた。カーティスは今ならその魅惑的な口に自分の唇を押しつけても、ダ・シルヴァが拒まずに返してくることを確信した。自分が一歩を踏み出しさえすれば――息を呑み込んだ。「今――見られていると思うか？」

「まさか、それはないことを願う」

「ならば――」

「いや」ダ・シルヴァの微笑みは少しゆがんでいた。「素晴らしい申し出で、是非受け入れたいところだけど、君は言っていたな、クイアーではない、と。違ったか？」

もはやそんなことはどうでもよかった。他に十分悩み事はあった。「それは私の問題だ。放っておいてくれ」

「神さま、本当にお願いしたいところだよ」ダ・シルヴァの瞳は、その深さを増したかのように見えた。溺れてしまいそうな瞳だ。カーティスはこうしたことに慣れていなかったが、そこには確かに欲望を読み取ることができた。

「それなら――」ほんの少し前に動くと、ダ・シルヴァが体を外した。

「本心からそう願っている。けど――信じられないかもしれないが、僕にも良識がある」口を曲げて言った。「君は明日ロンドンに行き、伯父さんと話し、紳士がするべきことをするんだ。僕はここで今夜やることがある。それに、夕食のゴングが鳴った。仕事の時間だ」詩人は、カーティスが言葉を発する前に、身を翻して部屋を出て行った。

大きく息を吸い込むと、少し苦労して体を曲げ、落ちたボタンを拾い、ベッドに腰掛けて頭を抱え込んだ。

明日ロンドンに帰るのだ。そして、サー・モーリスにすべて、いやほとんどすべてを話す。そしてここに助けを向かわせる――健康体で、ここでの問題に対処できるプロの助けだ。それでカーティスの関わりは終わる。

もちろん、ダ・シルヴァを探すことはできるだろう。ボヘミアンの連中や、詩人や画家、彫刻家などの美術関係者にあたればいい。男どうしで踊るようなクラブに探しに行くこともできる。イーストエンドに行って、ごちゃごちゃと出店が連なる細く暗い道を、鍵職人の息子を探しに行ってみてもいい。

でも、見つけてどうする？

二人には何一つ共通点がなかった。人種も、階級も、趣味も、知性も、異なっていた。ベルベットのジャケットや詩の朗読はカーティスの世界からは遠く、同様に狩猟や軍事の話はダ・シルヴァに縁もゆかりもないだろう。ボヘミアンな生き方もカーティスにはなじみがなかった。

そう、深めても意味のない、あるいは適切ではない関係性だ。

それなのに……カーティスはダ・シルヴァが好きで、それが真実だった。今二人の間にあるもの、それが何なのかはわからないが、続けたいと思うのはそれだけではなかった。あのユーモアのセンスと、機転の効く知性と、そして仕事に向き合う真摯さも、好きだった。あの口や、巧みな指先、そして黒い瞳に映っていた、紛れもなく自分を望んでいた欲望……。〈もうやめろ。やるべきことがあるんだ〉自分自身に言い聞かせた。集中しろ。〈ダ・シルヴァは向こう側でお前のことなど考えていやしない〉

想像してはいけないイメージが沸き起こった。束の間、ダ・シルヴァが裸で寝乱れてベッドに横たわり、目を伏せ、片手で自分を慰める姿を想像したが、すぐに無理やり思考を切り替えた。

カフリンクを留めるのに、数分かかった。指先の震えが止まらなかった。

第九章

ディナーは騒がしかった。アームストロング夫人とグレイリング夫人は共に満面の笑顔で、ジェームス・アームストロングは多弁で陽気なムードだった。フェネッラ・カルースは洞窟の不思議について長々と説明し、ダ・シルヴァも見に行くべきだと盛んに勧めた。詩人の後ろ向きの返事は本心から出ているもののように聞こえた。

「天の神よ、ありえない。銃で脅されても行かない。地下鉄にさえ乗らないのに、文明文化のない地下洞窟に下るなんて、考えられない」

「本当に？」

「お嬢さん、僕は地下室さえ苦手なんだ」

「暗いところが怖いのか？」ジェームスが言った。

ダ・シルヴァは感傷的な視線で前方を見つめた。「人は、地面の下ではなく、地球の表面を歩くように生まれた。私たちの本質は太陽に憧れ、星を見上げることなのです」

ランブドン夫人がこれに同意して舌を鳴らした。ホルトとアームストロングは、まぁ無理もないが、吐き気を催したような顔をした。ダ・シルヴァの詩を読んだことがあれば、こんな安っぽい内容でないことはわかるはずなので、いったいどうしてわざわざこんなことを言うのだろうとカーティスは思ったが、もちろんこの席にいる人間が彼の詩を読んでいるわけがなかった。ダ・シルヴァはまたしても面白がっているのだ。

カルース嬢が、例の本に出てくる、ククアナ国の死の宮殿の伯父の物語をもう一度聞かせて欲しいと懇願し、他のメンバーも興味を示したので、進んで話をすることで、感じのいい青年の役をまっとうしようと思った。伯父から何度も聞かされた洞窟の最初の部屋、巨大な石のテーブルの上座には、十五フィート（約4．5メートル）の高さの骸骨の像。槍を手に、今にも打ちつけてきそうな様子で、台座から身を起こしていた。このおぞましい死の宴のテーブルの周りに、二十七人のククアナの国王の屍が客として座っていた。

「二十七人すべてだ」カーティスは言った。「それぞれが滴り落ちる水の下に据えられ、頭の上に少しずつ流れ落ちる水滴が、その身体を石に変えていく。薄い石の膜越しに、それぞれの顔を見ることさえできた。伯父が殺した王、ツワラは、自分の首を膝に乗せて座り――」

女性陣からおののく声が響き、その後嬉しそうな抗議の声が続いた。「恐ろしいわぁ」カルース嬢が身をよじりながら言った。

「なんてエキゾチックで、なんて勇敢なんでしょう」グレイリング夫人が感嘆の声を上げた。

「なんておぞましい」ダ・シルヴァが言い、カーティスは詩人が本当に気持ち悪そうにしていることに驚いた。「永遠の眠りを、地下に座って過ごすなんて――」

「人は皆、いずれ地下に眠ることになる」ランブドンがぶっきらぼうに指摘した。

「でも地下に座って、悪魔の食卓に並んで、頭の上から水滴を垂らされるなんて。なんという野蛮な習慣」

ダ・シルヴァは身体を震わせた。カーティスは、ククアナの儀式よりもさらに食事の場にふさわしくないチベットの鳥葬については、彼には絶対に話すまいと心に決めたが、今後もう二人で話す機会もないのだということを思い出した。

今夜は人づきあいのいいところを見せようと、若い男たちをカードゲームに誘った。グレイリングは前向きだったが、ホルトとジェームスは目配せしあい、言い訳を残して辞退した。

ここでカーティスは考えさせられた。ジェームス・アームストロングは牢獄に行く。そんな男の反感など気にならなかった。しかし、ホルトはアームストロングの犯罪に関係していない。スポーツマンで、人好きがして、交際範囲も広い男のようだった。もし先ほどの衝突についてホルトが友人に愚痴をこぼし、あの傲慢でうすのろのアームストロングが、何か漏らしたとしたら？　〈カーティスとあの南方野郎(ダゴ)はずいぶんと仲がいいようだな？　——仲がいい？　そんな言葉じゃ足りないね〉

もしアームストロングが秘密を漏らして、ホルトが噂を広めることにしたら、カーティスはかなり居心地の悪い思いをすることになる。

髪の生え際から汗が噴き出るのを感じた。いつ秘密が暴かれるかわからないというのに、いったいダ・シルヴァがどうやってあんなに落ち着いていられるのか。自分なら一週間で髪が白くなりそうだ。

盗賊の真似をすることのない一夜の眠りは快適だったが、カーティスは鏡に映る健康そうな自分の姿を少し残念に思った。膝の痛みについてひと騒ぎ起こさなくてはならないのに。脚をひきずって朝食の部屋に行くと、またしてもダ・シルヴァは不在だったが、次々と心配の声がかかるように仕向けることに成功した。

「私がいけなかったのです」アームストロング夫人の謝罪にカーティスは断固として言った。「やり過ぎました。でも、本当のところ、少し心配なんです。地面に膝頭を打ちつけたかもしれない」

「医者を呼びましょうか？」

「いや、ロンドンの専門医に診てもらう必要があります、残念ですが」カーティスはいかにも無念、という表情を作った。「少々複雑な状態なのです」

アームストロング夫人は悲嘆と心痛の声を上げながら、眠そうなジェームス・アームストロングにブラッドショーの鉄道時刻表を取りにいかせると、カーティスはきょうが日曜日だということに気がついた。

「旅客列車は一日に一本しかない。それには間に合うが、あまりいい選択肢ではない」ヒューバート卿は顔をしかめて言った。「各駅停車だ」

「膝にあまりよくないのではなくって？」アームストロング夫人が心配そうに付け加えた。「月曜日をお待ちになったらどうかしら、カーティスさん。お医者様に電話で予約をなさっては？」

カーティスはそのまま説得されることにした。ロンドンまで九時間、各駅停車に乗る気はまったくしなかった。それに、胸の奥で声がした、ダ・シルヴァと話ができるかもしれない。

その目的のために、そして身障者としての印象を補強するため、カーティスは教会に行くことを辞退した。他の客が自動車に乗り込み隊列を組んで出発する中、ホルトとジェームスだけは歩きに行くと言って出て行った。二人とも疲れた様子だったが、どこか満足げだった。二人で夜中じゅう遊んでいて、またパブを探しに出かけたのだろう。

屋敷に一人になったカーティスは、図書室に向かった。

ダ・シルヴァの姿はなかった。朝食の部屋にもおらず、いずれの応接室にもいる様子はなかった。まさか十時を過ぎて寝ているわけではないだろうなと心の中で非難しながら、少し落ち着かない気分で、居室の扉を叩いた。

返事はなかった。

カーティスはためらった。でも、話をする必要があった。試しに取手を回すと、扉が開いた。

ダ・シルヴァの部屋は空っぽだった。

いったい何が?

カーティスは考えるために自分の部屋に戻った。ダ・シルヴァは昨夜何かしようとしていた。計画を変更したのか？　アームストロングたちを有罪にするのに必要な、脅迫と犯罪を証明する十分な証拠と、例の写真を盗み出して、何も言わずに消えたのか？

やりかねない、と思った。ただ、夜中に屋敷を抜け出して、ニューキャッスルまでの三十マイルを行軍できるかというと、疑問だった。

きょうはロンドンまでの各駅停車と牛乳を運ぶ列車（ミルクトレイン）しか走っていない。ダ・シルヴァなら間違いなく事前に時刻表を確認しただろうし、オースティン車よりも遅い列車よりも、より確実な移動手段を選ぶだろう。何より、旅行カバンを持って、どうやって駅まで行ったのだ？　運転はできないと言っていたし、夜中に三十マイルを歩く姿も、追跡を避けて荒野に潜むダ・シルヴァの姿も、想像できなかった。

空になったダ・シルヴァの部屋に戻った。今度は扉に鍵をかけ、床に屈んで家具の下を確認し、より注意深く見て回った。何を探しているのかわからなかったが、何かがおかしいという感覚だけが強まっていた。

それは衣装戸棚の後ろで見つかった。ダ・シルヴァの懐中電灯だ。

もちろん、円柱形なので、滑り落ちて捨て置かれた可能性はあったが、まだ電気も点いた。また、用心深いダ・シルヴァがこんな風にものを置き忘れるはずがなかった。それから……。

とにかく、この状況はまったく気に入らなかった。

無用な心配だと自分に言い聞かせて、再び図書室に行くと、何か手がかりを探すかのように『養魚池（フィッシュ・ポンド）』を読み直した。装飾塔に行ってみたいと思った――そこでダ・シルヴァが待っているとは思えなかったが、何かせずにいられなかった。とはいえ、膝が悪い演技を続けなければならない。

昼食時間まで待って、ダ・シルヴァは依然として不在だったので、可能な限り軽い調子で訪ねた。「詩人はどこにいるんだ？　女神と交信中か？」

「ダ・シルヴァさん？　あの方は、えー、早朝に出発されたわ」アームストロング夫人が意味ありげな視線を向けて言った。

ジェームス・アームストロングがわざとらしい咳をして、「させられた」と言ったように聞こえた。食卓の周りの人々が驚きで顔を見合わせた。

「ジェームス」ヒューバート卿が警告するように言った。

「正直言って」ジェームスは話し始めたが、父親のきびしい視線にひるんで、もごもごと言った。「僕は言ってたよね、お義母（かあ）さま」

「その話はするな」ヒューバート卿はゴルフについて話し始め、カーティスは聞いているふりをしたが、内心必死で考えていた。

何を言いたいのかは明白だった。ダ・シルヴァは屋敷の主人に対して何か失礼を働き、追い出されたというのだ。銀食器を盗んだり、召使いといちゃついたり、主人の個人書類を盗んだり。屋敷を嗅ぎ回っているところを捕まって追い出されたという可能性はあった。それであれば、荷物がないのも頷ける。しかし、でもしかし……。

ニューキャッスルの駅までは車で一時間。牛乳列車（ミルクトレイン）は午前三時半に出発する。さすがにその時間に放り出されたわけではないだろう。でももし朝の鈍行列車を待って、駅のホームに置き去りにされたのであれば、カーティスが同じ列車に乗ると言った時、アームストロング家はそれを指摘したはずでは？　そして、朝の時間帯に戻ってくる車の音が聞こえたはずでは？

決定的な証拠は何もなく、何一つ確信はなかったが、首の後ろ毛が逆立つのを感じた。

残りの食事の時間、できる限り陽気にふるまい、アームストロング夫人に脚が治ってきたように思う、と告げた。「大騒ぎして、ひどい心配性だとお思いでしょうが――」

「いいえ、そんなことはまったく！　しつこい痛みがある時は心配ですもの、よくわかりますわ」アームストロング夫人が請け合った。これをきっかけに、ランブドン夫人が持病の数々について話を始め、カーティスは礼儀正しく頷く他、何もしないで済んだ。

一日が永遠に続くように思えた。カーティスは膝が本当に大丈夫か、昨日の徒歩行の影響を確かめるという言い訳をして、敷地を一回り探索に出かけた。見た限り、セコイアの森に浅い墓も深い墓もないようで、異状は認められなかった。ダ・シルヴァの生々しい表現を呪いながら、装飾塔に着いた。誰もいなかった。冷たい石と湿気た森の香りがした。男の汗と精液と、あのダ・シルヴァの髪に使っているオイルの香りがしてもいいはずなのに。

もしダ・シルヴァに何かあったのだとしたら、何らかの犯罪の被害者になったのだとしたら、もう二度とあの髪に触れないのだという、バカげた考えが突然浮かんだ。苦しくなるほど喉の奥が詰まった。カーティスは独り、寂しい装飾塔に立ち尽くし、よく知りもしない男の不在に、窒息しそうになっていた。

終わりのない一日はさらに続いた。カーティスは夕暮れまで外を歩き、何も見つけられないまま、夕食前に図書室に引っ込んだ。他の客の存在が、まるで有刺鉄線が皮膚に触れるかのように、神経に触るようになってきていた。一度読んだことのある気がするオッペンハイムの小説を眺めていると、アームストロングとホルトが入ってきた。

「グレイリングを探してるんだが」アームストロングは言った。昨夜よりは態度がよくなったように思えた。「ビリヤードで四人目にならないか？」

「いや、結構」

「パートナーが恋しい？」ホルトの言い方には少し悪意がこもっていた。

「ダ・シルヴァが？　まさか。私もたまには勝ちたい」ばかばかしい冗談につき合っている気分ではなかった。人生に目的や仕事さえ持たない連中とやりあっている時間はない。この点でホルトの言ったことは正しかった。ホルト自身は、そんな人生を十分に楽しんでいるようだが。あと一日でこの土地を去ろう。カーティスは自分に言い聞かせた。あと一日、ダ・シルヴァを探そう。

後先を考えず、アームストロングに尋ねた。「何があったんだ？　奴は食器でも盗んだのか？」

ホルトはアームストロングに視線を向けて口を開いたが、アームストロングがその前に楽しげに答えた。「カードをごまかしたんだ。奴を詐欺師と呼んだホルトは正しかった」

「なんと」カーティスは言った。「謝らなくてはいけないな、ホルト。君は私よりも鋭い。私には何も見えていなかった」

アームストロングはひきつった笑い声を上げた。「何も見えていないのは君だけではないよ。なぁ、ホルト？」

「バカなことを言うな」ホルトがきびしく言った。「ビリヤードはどうする、カーティス？」

カーティスが返事の代わりに膝を指差すと、若者たちは出て行った。扉の向こうから何かひそひそと話す声が聞こえたような気がした。

これまで囁きでしかなかった恐れは、今や悲鳴に変わっていた。昨夜、ダ・シルヴァがホルトやアームストロングとカード遊びをしていたとは思えなかった。もしやっていたとしたら、カードをごまかして捕まった可能性はある――だが、カーティスはダ・シルヴァが不正をすることはあると思っても、捕まったことの方に納得がいかなかった。そうであれば、若者たちは大騒ぎをしただろうし、カーティスの耳にも届いただろう。そんな出来事があって、ホルトが静かに済ませるとは思えなかった。二人とも、嘘を吐いている。

となると、ホルトも仲間だということだ。

今までその可能性を考えなかったのが不思議だった。ジェームス・アームストロングは頭が空っぽなおしゃべり男で、日々を無為に遊んで暮らしているだけだ。ホルトには知性があり、底意地の悪い性格だ。野心家で頭がよく、ジェームス・アームストロングに好機を見て、手助けをすることでうまく利用した。憎悪する退廃的な人間たちに、ふさわしい運命を用意したのだ。

間違いない、ホルトも一枚噛んでいる。カーティスは確信した。何が起きたかを知っていて、今のアームストロングの言葉が気に入らなかった。わざとらしいほど偽物の笑顔で、無理やり話題を変えた。本来であれば、ダ・シルヴァがカードをごまかした話を自慢するはずだ。それなのにホルトは、アームストロングの言葉に対する注意を反らした……。

〈何も見えていないのは君だけではない〉

カーティスはこの言葉について考えた。昨夜の会話で、ダ・シルヴァがいかに洞窟や地下を嫌悪しているかと認めたことについて、考えた。そして目を閉じて深呼吸をした。人を落としても何マイルも底に着くことがない、あの深い陥落孔のことを考えて、吐き気と怒りと恐怖に襲われたからだ。

そして、少し希望を持った。なぜなら、敵を殺したいという種類の人間がいれば、その前にまず、苦しめたいという種類の人間がいる。もし憎悪する相手が、地下や洞窟の暗闇を恐れていることを知っていたら、例え少しの間でも、苦しませるためにそこで生かしておくのではないだろうか？

カーティスはその後の夜の時間をどう過ごしたか覚えていなかった。言うべきことを言い、飲み食いをした。ホルトやアームストロングに飛びかかって、卑怯者たちの首を絞めたりはしなかった。早めに寝室に戻り二時間ほど仮眠して、午前一時に、懐中電灯を持ってできる限り静かに階段を下りた。

台所の扉から外に出て、足元の音が響くことがないよう、石畳と砂利道を四分の一マイルほど迂回して、洞窟へ向かった。

空気は冷え冷えとして、空には半月が掛かっていた。明かりはそれで十分だった。他の人間であれば、暗い道と月の作る長い影を怖いと思ったかもしれない。カーティスは洞窟で見つけるかもしれないものの方が恐ろしくて、気にもしなかった。夜に色を抜かれた裸の丘は南アフリカの低木地帯に少し似ていて、少なくともボーア人の狙撃手がいないことがわかっていたので、行軍は苦ではなかった。

もちろん、夜の景色は昼間とは変わって見え、一度は道を間違えたものの、兵士の方向感覚のおかげで数分を無駄にしただけで済んだ。四十五分ほどで目的地に着き、丘を登ると、黒い洞窟の入口に立った。

「ダ・シルヴァ？」カーティスは呼んだ。

何も反応はなかった。

置いてあるランプを一つ取ると火を灯し、洞窟に入っていった。ランプの揺れで灯りが揺らめき、グロテスクな影が襲ってくるようだった。

「ダ・シルヴァ？」中央の洞窟に向かって叫んだ。声の反響だけが返ってきた。

やはり、回廊を探さなければならない。順番に、そして論理的に調べなければならないことはわかっていたが、心はあの恐ろしい黒い穴を思い浮かべ、カーティスは白い回廊に続くトンネルに向かって、滑りやすい石の上を数歩踏み出し、もう一度呼んだ。「ダ・シルヴァ！」

声は壁に吸い込まれて消えたが、か細い呻き声のような音が聞こえた。

「ダ・シルヴァ！」ランタンを高く上げると、恐ろしく滑らかな洞窟の床の上を可能な限り速く駆け抜け、白い回廊に入った。あの陥落孔の横で、石筍にもたれかかり、地面の上に足を投げ出して座るぐったりとした黒髪の男の姿があった。

次の瞬間、カーティスは冷たい床に跪き、男の傍にいた。ダ・シルヴァは体も髪もずぶ濡れだった。ぞっとするほど冷たい濡れた石に沿って腕は後ろに回され、手首がロープで結ばれていることに気がついた時、一滴の水が天井からダ・シルヴァの頭に落ち、その体がけいれんするのを見た。

「ああ、神さま」カーティスは石にきつく縛り付けられた体を腕の中に抱いた。肌が氷のように冷たかった。「ダ・シルヴァ、聞こえるか？　カーティスだ。来たよ。ここから出よう。ダニエル？」

ダ・シルヴァは頭をカーティスの胸にもたせかけ、意味のとれない音を発した。カーティスは顎を手に取り、顔を上げさせた。灰色の顔から水が流れ落ちた。目は閉じられていた。

「ダニエル」カーティスは絶望的な思いで言った。

　ダニエルのまぶたが震え、目が開いた。黒い瞳がカーティスを捉え、窒息しそうな声で言った。「夢でありませんように。どうか、どうか。夢では──」

「私だ。大丈夫だ。夢なんかじゃない」

　ダニエルは瞬きをした。暗いまつげから水滴が落ちた。じっとカーティスと見つめると、囁いた。「来てくれた。ああ、来てくれたんだ」

「君が、来させたんだ」カーティスは言うと、ダニエルが耐えきれず静かに嗚咽する中、腕の中で抱きかかえた。

　冷たく濡れた石の上で、ぽつぽつと滴る水から遮るように体を抱いて、どのくらいの間そうしていたかわからなかったが、ダニエルの泣き声が深く荒い呼吸に変わる頃には、カーティスの体勢はかなりきびしくなってきていた。

「誰がやった？」カーティスが訊いた。

「ジ、ジェームスと、ホ、ホルト」ダニエルは歯をがたがたと震わせていたが、さっきよりはマシな状態だった。「ここに僕を残して──残していく、と。い、石に変わるように」

「バカバカしい」カーティスはぐっしょり濡れた黒い髪を摑んだ。「そうなるには何世紀もかかる。少し放すよ、いいな？　ロープをほどかないと」

　ダニエルは小さく息をして、目を閉じて頷いた。カーティスは渋々と手を放し、濡れてこわばった状態で立ち上がった。上着を脱ぐと、まだイブニング姿のダニエルの震える体にかけ、ロープをほどきにかかった。

ロープは石の反対側で締められていた。難しい結び目ではなかったが、ロープの太い素材が、石筍を流れ落ちてきた水で膨張していた。カーティスはランタンを動かしたが、ダニエルが怯えた声を出したので、光があたるように置き直し、ランプをもう一つ取りに洞窟の入口に駆け戻った。取ってきたランプで手元を照らし、再びロープをほどき始めた。

「カーティス？」ダニエルが粗い声で言った。「カーティス？」

飛び上がって、岩の反対側に回った。「何だ？」

「いや……夢じゃないよね」

「違う」カーティスが冷たい頬に手をやると、ダニエルが顔を傾けて唇がカーティスの肌に触れた。「まずはこれを外さないと。僕はここにいるから。君を置いて行ったりしないから。でも、まずロープをほどかせてくれ」

熱にうなされて見る夢の最悪な部分は、優しく助けてくれる人だ。それは伯父だったり、看護師だったり、友だちだったりして、冷たい飲み物と慰めの言葉を持ってベッドサイドで見守ってくれている——そう思うと、安心して大切にされていると感じるのだが、実際は夜中に一人きりで目が覚めて、喉がからからで、苦しくて終わらない夜が続くのだ。カーティスはこの暗闇にただ独りで、寒さと湿気の中、滴り落ちる水の拷問を受けながら、一日を過ごすことがどんなに辛いか、想像したくなかった。助けが来たという夢を見て、何度も何度も、絶望の中で目を覚ます恐ろしさ。

結び目は頑固なまでに固かった。カーティスはポケットナイフを取り出すと、一心不乱にロープを削り始めた。

「カーティス」かすれ声がした。

「もうすぐだから」歯を食いしばりながら言った。

「か、か、カーティス！」

「カーティス」回廊の反対側から、冷ややかな声がした。

一秒ほどその場で跪いたまま、凍りついた。ポケットナイフを閉じると、石筍の横に置き、ホルトに向かって立ち上がった。

第十章

ホルトは突き出した岩にランタンを吊るしていた。三つのランプの灯りで白い回廊は必要以上に明るくなった。カーティスがダニエルを見ると、縛られたまま、疲れきった顔に黒目ばかりの瞳で、こわばった表情を浮かべて自分をここに置き去りにした男を見上げていた。

「さぞ自分のことが誇らしいだろうな」カーティスは言った。

ホルトは信じられないという顔をした。「少なくとも僕は汚らしいクイアーじゃない」

「お前は脅迫者で、拷問者だ」

「殺し屋」ダニエルがかすれた声で言った。

「誰を殺した？」カーティスは肩を動かして、着ているノーフォークジャケットがきつ過ぎないかを確かめ、一歩横に動いた。ホルトはその動きを見て、顔にかすかな表情を浮かべた。カーティスはそこに暴力への渇望を見た。殴り合いがしたいのだ。

ならば、受けて立とう。

ホルトはカーティスから目を離すことなくオーバーコートを脱いだ。「反逆者二人だ。君には感謝されてもいいと思うくらいだ」

「ラファイエットの部下たちか」カーティスが円を描くように動き始めると、ホルトが同様に動くのを見えて、その足の動きを注視した。「ジェイコブスダールの銃に細工をした連中か。そもそもお前が脅迫したんじゃないのか？」

「違う！」ホルトの怒りは本物のようだった。「それはアームストロングの仕業だ。僕は関係ない。不名誉な話だ」

「なのに犯人の男たちを殺したのか？　なぜ？」

「反逆者だからだ」ホルトはまるで説得すればわかってもらえるというような口ぶりだった。

「それも堕落した下劣な奴らだ。幼い女の子が好きな。胸くそ悪い。死に値する」

「そこは同感だ。彼らをどうした？」カーティスは別に男たちの運命を気にしたわけではないが、尋ねた。「穴の中か？」

「そう、地球のはらわたの中さ。ゴミ捨て場としてとても便利だ。どのくらい深いか誰も知らない、って言ったよな？」ホルトの目はランプの灯りと白い壁の照り返しでぎらぎらと光った。「今夜はユダヤ野郎を放り込んでやろうと思っていた。そいつは女みたいにわめくんだ。どのくらい悲鳴が聞こえるか、試したいんだ」

ダニエルは脅えた動物のような音を出した。カーティスは足指の付け根を動かして指を曲げ伸ばした。ホルトは首を振った。「本当にそんな奴のために戦うのか？　なんとまぁ。見損なったよ、カーティス。兵士で、育ちもよくて、優秀なスポーツマンの君が、汚いトリックに騙されるとは。自分が恥ずかしくないのか？」

カーティスはかろうじて「いや」と言った。ホルトの方に近づくと、相手は拳を上げ、小さく笑った。

「まったくもったいないよ。君とは普通にスパーリングがしてみたかった。身障者を負かしても、意味はないがな」

「私の心配は無用だ」カーティスはそう言おうとしたが、口が思うように動かず、不明瞭な言葉となって飛び出した。ランプの灯りで見ると、手が震えていた。

ホルトの笑いが消えた。「腰抜けなんじゃないだろうな」重々しく言った。「まさか殴り合いが怖いのか？　戦争で神経をやられたか？　クソ、君と対戦するのを楽しみにしていたのに、ただの臆病者の間抜けとは。面白みがどこにある？　ユダヤ野郎を蹴りつける楽しみは残っているがな」

　この時、カーティスが動いた。

　ヘンリー伯父の作家の友人クォーターメンは、ヘンリー・カーティス卿のバイキングの血筋と戦闘の際に表出するその狂戦士（バーサーカー）の魂について、よく大げさに語っていた。カーティスはそれがずいぶんくだらなくロマンチックなものの見方だと感じていた。今のこの憤怒を言い表せと言われたら、それは決して〝バーサーカー魂〟ではなかった。正しい言葉は〝殺人的熱狂〟だ。

　赤い霧も見えなかったし、何をしているかわからなくなるような瞬間もなく、通常感じるような怒りさえ感じなかった。ただ、奇妙に他人事のような感覚と、絶妙で純粋な暴力の快楽があった。前進すると、まるで紳士どうしで戦うかのように、ホルトが胸の前で型通りに腕を構えるのが見えたが、カーティスは低い位置にパンチを打ち込み、相手が素早く反応したため、わずかに股間の急所を外した。ホルトは後ろによろけ、口を開けたが、カーティスの表情の中の何かを見て、これ以上言葉に呼吸を費やす余裕がないことを悟った。

　そこからは真剣な殴り合いとなり、野蛮で、切迫して、試合ルールなどなく、お互い湿った岩の上で滑りながら、足をとられたら負けだという緊張の中で闘った。身長と体重では二人は互角で、優秀なボクシング選手だったホルトは訓練を怠っていなかった。二つの拳を持つ優位を十分に使い、カーティスの右を執拗に攻撃し、打つ度に痛みが走る傷ついた右手を使わせた。しかしカーティスは八年を軍隊で過ごし、反撃する敵を相手に闘ってきた経験があった。もし負けたらダニエルがどうなるかを意識していたし、何よりも冷たい殺人衝動に突き動かされていた。相手をひたすら殴りまくり、自分への攻撃も右手の痛みものともせず、アッパーカットを命中させると、頭を反らせたホルトの憎悪のこもった口から、血が吹き出るのを見た。ホルトは滑って尾骨を地面に打ちつけた。カーティスは一歩前に出て、ラグビーボールのように相手の頭を蹴ろうと足を引いたが、地面の割れ目に足をとられて危うく挫きかけた。よろけたが、バランスを保った。

必死で後退したホルトは、岩にかけたコートのポケットを探って、ナイフを取り出した。カーティスは頭をのけぞらせて笑った。声が洞窟の壁にこだました。あまりにも、これ以上ないくらい完璧なほど、笑えたからだ。ダニエルは見ているだろうか、この可笑しさをきっとわかってくれる。ホルトが立ち上がって刃を振り回したので、カーティスは訊きたかった。皮肉だと思わないのか？　英国の優位性をさんざん説いた後で、ナイフを振りかざして、自分がいの一番に「南方野郎（ダゴ）の汚いやり方」と呼ぶような真似をするとは。

ホルトはナイフごと飛びかかってきた。カーティスが右手を上げると、刃が衣服を突き抜けて皮膚を裂いたが、同時に自由な左手が先ほどアッパーカットを打ったばかりのホルトの顎を捕らえた。不快な一撃がホルトの目を曇らせたので、カーティスは左手でナイフを持つ手を摑んだ。そして体をひねって相手の後ろに回ると、屈強な右腕を首の周りにかけ、締めつけた。

ホルトは呼吸を詰まらせてもがいた。カーティスは相手の重さを使ってさらに後ろに反りながら、ホルトの手首に力をかけると、ナイフが手から落ちた。空いた手でホルトの顎を摑み、頸に対して頭をひねると、唐突に抵抗が無くなり、鈍い音がした。

手を離し、体が地面に落ちる前に踵を返した。

ダニエルは岩にもたれかかって、カーティスを見る目は大きく見開かれ、暗かった。恐れ戦いているように見えた。

「ホルトは死んだ」明白ではなかった場合のため、カーティスは説明しようとした。未だに言葉がうまく出て来なかったので、ホルトのナイフを拾うと、自分のポケットナイフよりも切れ味のよい刃を使って何度か切れ目を入れ、ロープをほどいた。

ダニエルは岩から離れようともがいた。カーティスは跪いて、ロープを体から外す手伝いをした。二人とも震えていた。

ダニエルは寒いのだ。そうか。

カーティスはホルトの死体に戻ると、感覚のない指で下着になるまで衣服を脱がせた。他に置くところもないので、体の上にさほど濡れていない服を積み上げ、今度はダニエルの衣服を剝がしにかかった。

まだあまり自発的には動けないようだった。生々しく赤い点が残る縛られた跡と灰色に膨張した指に目をやって、後で手が痛むだろうな、と思いながら、濡れそぼったイブニングジャケットとウェストコートを注意深く脱がし、ボタンを気にすることなく一気にシャツの前を開いた——この時、何か思い出したような気がしたが、何なのかはわからなかった。濡れねずみで震える男を少しずつ裸にし、ホルトの肌着を使って可能な限り水分を拭き取りながら、湿った肌に手を添えていると、ダニエルが正気に戻った。

大きく吸い込むような呼吸。「ジーザス」その声はかすれていた。

「カーティス?」囁き声だった。ダニエルの目は巨大で、恐怖にあふれていた。

「神よ」カーティスは瞬きをして自分の中の怒りの残滓を振り払った。「いや、私は……」

ダニエルは何か言おうとしたが、ゆらりと倒れそうになり、カーティスは相手の裸に構わずしっかりと抱きかかえ、バランスを取り戻して手を放せるようになるまで支えていた。そしてホルトの衣服を摑むと、ソーセージのように感じられる指で相手に渡していったが、それでもダニエルの指よりはまだ動くようだった。器用な精確さを欠くダニエルの指先を見ているうちに、また先ほどの激情が戻ってきそうになった。

ホルトの服はもちろん大き過ぎたが、ないよりはマシだった。カーティスはダニエルの細いウェストの周りをベルトで締め、ノーフォークジャケットと重いオーバーコートのボタンをしっかり留めた。ホルトの靴は大き過ぎた。ダニエル本人の濡れた靴で行く他なかったが、どこかで足を乾かせる時までと、ホルトの靴下をポケットに突っ込んだ。

散らばったダニエルの衣類を拾い集めると、ロープとホルトの靴と共に、陥落孔に落とし入れた。ナイフは手元に残した。最後に、死骸を穴の方へ引きずった。

ダニエルが鼻の奥から音を出した。カーティスは言った。「目を閉じていろ」死体が恐ろしい穴に消えるところを、ダニエルは見るべきではないと思ったからだが、そのままホルトを暗い穴に放り込んだ。

それから、ダニエルを洞窟の外へ連れ出した。

洞窟の入口でランタンを元に戻し、座ることができる乾いた岩を見つけると、ダニエルは崩れ落ちるように座り込み、カーティスはその足を丁寧にハンカチで乾かして、ホルトの靴下を穿かせた。

ホルトは自転車で来ていた。しっかりしたツーリングバイクだったが、右手を握ることができず、半分意識のないダニエルを抱えていては、役に立たなかった。カーティスは状況を精査して、ダニエルに言った。「ここで待て。すぐに戻る」そして自転車を洞窟に運び込んだ。陥落孔から、遺体の上に自転車を捨てることは間違っているようにも感じられたが、他に方法がなかったので、穴に投げ込んだ。

ホルトはまだ延々と奈落へ落ちて行っているように思えた。

洞窟から出て行くと、ダニエルは腕を体に巻きつけて丸まっていた。カーティスはその顔と濡れた靴とを見て「しっかりしろ」と言い、紐を使って靴を首から吊るすと、ダニエルを腕に抱きかかえた。

楽な道行きではなかった。ダニエルは重い男ではなかったが、それでも六フィート近い上背があり、しばらくすると意識を失ってしまったので、腕にずっしりと重さが感じられた。カーティスは膝の状態もあり、ガレ場で転ぶわけにはいかないことをじゅうじゅう承知していた。とはいえ実は自分でもびっくりするほど膝に問題は出ていなかった。医者たちがもっと動かして訓練しろと言っていたのは正しかったのかもしれない。こういう運動を想定していたとは思えないが。

わずかな月明かりの下、ぐったりと重いダニエルを腕に抱え、カーティスは一歩一歩進んだ。右手首が痛みに悲鳴を上げ、ホルトに切りつけられた上腕からは血が滴り落ちていたが、今は何もできなかった。

午前三時に近かった。ダニエルを抱えているので、速くは進めなかった。アームストロング一家はホルトの帰りを待っているだろう。ジェームスが探しに出るだろうか?

どこに行けばいい?

一番近い電話はピークホルムだ。ニューキャッスルは三十マイル先。そしてダニエルを温めなければならない。羊飼いの小屋か農家があれば助けを求めることもできるが、この神に見捨てられた荒涼とした土地で、何マイルにも渡って何も見た覚えはなかったし、敵地で避難場所を求める危険性はよくよく承知していた。

　疲れきったカーティスは、ボーア人の領土で雑木林を這いつくばって進んだ時のことを思い出した。どこか隠れていられるところを探せれば、そこから仲間たちが退却している、丘の上の見捨てられた小さな岩だらけの村に逃げ込める……。

　岩で囲まれた、丘の上の廃墟。

　これは素晴らしい思いつきか、それとも命取りの間違いか？　わからなかった。ダニエルに意見を聞きたかった。ダニエルが目を覚まして歩ければよかった。でもそうではないので、カーティスは歯を食いしばって一歩また一歩、ピークホルムへ向かう二マイルの道を辿った。

　到着したのは四時半だった。体のいたるところが痛んだ。最後に見晴らしの利く地点から見た時、家に灯りは点いていなかった。窓から目撃されることなく装飾塔へ行くには迂回して森の中を歩くしかなかったが、この時間であれば庭師に出くわすこともないだろう。塔への最後の登りは、ダニエルの体の重さもあり、重力と消耗に抗ってよろめきながら歩む、今まで経験した中でも最も厳しいものとなったが、ようやく扉に到着するとそれを押し開け、ダニエルを中に運んだ。

　体を引きずるようにして階段を上がると、オーク材の床に座り込み、運んできた男の体を自分にもたせかけ、筋肉が悲鳴をあげるに任せた。

　数分して血流が少し落ち着いてきたところで、ダニエルの様子を見た。体は以前より温かくなっていた。抱きかかえていた体温が伝わったのだろう。ホルトの重苦しいオーバーコートも、品質はよいものだった。ダニエルの手首を見ると、指の色が元に戻っていて安心した。

「ダニエル?」カーティスは囁いた。

ダニエルの呼吸は深く規則正しかった。その体は腕の中に重くもたれかかり、カーティスはためらいながら、触ってもいいものだろうかと思いながら、ダニエルの顔の周り、顎から眉、頬の皮膚にかすかに触れ、恐る恐る唇の上で指を止めた。

カーティスは相手が気づくとは思っていなかったが、ダニエルの瞼がぴくりと震え、小さな声が漏れた。カーティスは自分の身勝手さを責め、「大丈夫だ」と囁いた。「君は安全な場所にいる。眠っていいんだ」

ダニエルの口が動き、ぱちりと目を開くと、体がけいれんした。カーティスが体を抑えるように摑むと、相手が泣き叫び始めたため、対応策を間違ったことを悟ったが、慌ててその口を手でふさぐと、相手の体が恐怖で硬直するのを感じて自己嫌悪に陥った。

「カーティスだ。君は安全だ。やめるんだ! 君は安全だ、私がここにいる。やめるんだ」小さく叫ぶように言うと、やがてダニエルが腕の中で再び静かになった。押さえていた手を外した。

「カーティス?」

「ここだ」

「カーティス」ダニエルが納得したように繰り返した。再び目を閉じたので、また眠るのかと思ったが、少し間を置いてから「僕は洞窟にいた」と言った。

「そのことは考えるな」

「洞窟の中、暗闇の中。水が滴り落ちてきて——止まらなかった。それから、あの穴——」声が震えていた。

「もうやめろ。終わったんだ」

「君が来てくれた」

「もちろんだ」

ダニエルはまた少しの間黙っていたが、それから言った。「ホルトを殺したのか？」

「そうだ」

「暴力は嫌いだ。何も解決しない」

カーティスは肩をすくめた。今回の件に限っては、暴力がうまく問題を解決してくれたように感じた。ダニエルはカーティスの体にすり寄り、何か意味がとれない言葉を発したが、数秒後にはまた眠りに落ちていた。

冷たい石の壁に頭をもたせかけ、硬い木の床に体を伸ばし、カーティスはダニエルの体の重さを、温かさと安心と共に感じた。少しの間その感覚を味わった後、次なる手を考えた。

ダニエルを脱出させなければならない。ホルトはきょう、行方不明ということになる。ジェームスに再びダニエルに手をかけられるくらいなら死ぬまで戦うつもりだったが、銃を持った男たち相手では、そういうことになる可能性は大いにあると苦々しく思った。

右手の指がまだすべてあったなら、アームストロング家の車を奪って逃げただろう。今でもそれは可能かもしれないが、自動車のエンジンをかけて走り出すのは騒々しい音を出すことになるし、ダニエルを助手席に乗せる時間もかかる。それに、人差し指と親指だけでハンドルを握り、山の曲がりくねった道でスピードを出した自動車をうまく制御できるか、全くわからなかった。すべてがうまく運んでも、間違いなくやってくる追っ手を大きく出し抜くことは難しいだろう。

選択肢の一つではあるが、絶望的だった。他に方法はあるだろうか？　電話をかけることはできるかもしれない——屋敷の主人たちがまだ親切なホスト役を演じるのなら、ここからニューキャッスルまで送ってもらうことはできるだろう。ただ、この装飾塔にダニエルを置いていくことになる。

ダニエルが体を動かした。眉の上をやさしく撫でると、額が不安なほど熱いことに気がついた。

ああ、このまま熱が出てしまったらどうする？　水に濡れたままで一日過ごしたわけだから、風邪をひいてもまったくおかしくない。

食料と水と毛布が必要だ。それも、家人がまもなく起きてくるので、早くしなければならない。銃が必要だった。危険があろうともここから伯父に電話をして助けを呼ぼう。それから……必要とあらば、この装飾塔に立てこもり、最後まで抵抗するしかない。

カーティスはその可能性を考えながらダニエルの体をやさしく自分の上からずらした。素早く辺りを見回すと、嬉しいことに、置いてあった古い木製の箱の中にピクニック用毛布を発見した。安心させる言葉を囁きながら、眠っている男をできる限り楽で暖かい体勢にすると、静かに建物の外に出た。もちろん、ダニエルに扉のかんぬきをかけることはできない。仲間も物資も通信手段もなく、カーティスは今や運任せで行動していた。

こういう状況は初めてではなかった。これで最後になるかもしれないが、やれるだけのことはやってやる。

そんな思いを胸に、数十歩進んだところで、丘を上がってくる人の気配がした。

建物の周りには身を隠すところはなく、装飾塔の後ろに隠れようとしたら、返って怪しく見える。必要なら、ホルトに対応したのと同じように侵入者と向き合うだけだ。

手の指を屈伸させながらやってくる人間に向かって進むと、それはマートン嬢だった。

「おはよう、カーティスさん」にこやかに片手を上げてカーティスの所までやってきた。「朝歩きに出るのは私くらいから思ってたけど。素晴らしい朝だと思いません？」カーティスの様子を見とがめると、眉をしかめた。「大丈夫？」

カーティスはためらわなかった。「独りで来た？」

「そうだけど……」

「マートンさん、神の名にかけて、射撃手どうしのよしみで。あなたの助けがいる」

マートン嬢はダニエルの傍らから立ち上がると、意識を失っている男を見下ろし、その後カーティスに顔を向けた。

「すごく熱があるというわけではないわ」そう言った。「長時間体を冷やすと、不思議な反応をすることがある。とにかく暖かくして、安全なところにいるべきね。話をしてくれた件は、本当に確かなのね」

「他の何よりも確かだ。この目で写真を見た。彼は岩に縛られていて――」

マートン嬢は手を上げた。「あなたを疑っていないわ。何をすべきか考えているの」

「食料調達を手伝ってもらえれば」

「それだけではダメよ」マートン嬢は首を横に振った。「問題は三つ。ダ・シルヴァさんを匿うこと、助けを呼ぶこと、助けが来るまで平静を装うこと。わかった、最初の一歩はフェンに話をすることだわ」

「カルース嬢に？」カーティスは信じられない面持ちで言った。神よ、この女性は深刻な状況を本当に理解しているのか？

本人は憐れむような微笑みをカーティスに向けた。「私の理解が正しければ、ダ・シルヴァさんにはあの気取った態度以上の何かがあるんでしょう？」

「ああ、そうだ。全然違うんだ」

「では、同じように、フェンの脳みその軽い女の子の演技を信じてはいけないわ」熟慮する顔でつけ加えた。「私は、きょう一人で荒れ地にハイキングに出かけると宣言して、キッチンで食料を集める。銃を何丁か持ってきて、ここに夕方まで詰める。そうすれば病人の面倒が見られる。あなたとフェンは、何とかして必要な電話をかける。夜、私と交代すればいいわ。あなたたち二人が日中装飾塔に近づかなければ、ここのことを思いつく人はいない。どう？」

カーティスは一刻たりともダニエルの元を去りたくはなかった。見張り役でいたかった。でもカーティスが戻らず、ホルトの行方が知れず、ダニエルが洞窟にいないことがわかったら、大きな警報が鳴ることになる。マートン嬢には能力があったし、知り合ってまだわずかではあったが、信頼できる人間だった。

「アームストロング一家は危険だ」カーティスは警告した。「特にジェームスは。私たちが知っていることがバレたら、全員が必死になる。死刑になるからだ。殺人をも厭わないだろう」

「私もよ」マートン嬢は淡々と言った。「戦争で兄弟を二人亡くしたの。裏切り者や国の秘密を売る連中には容赦しない。それにこの脅迫事件も気に入らない。それはフェンも同じ。では、しばらくここで待っていて。朝方あなたを外で見かけたけど朝食には戻るはずと皆に伝えておくわ」

マートン嬢はきびきびとした足取りで出て行った。カーティスはその背後で扉のかんぬきをかけると、ダニエルの傍に戻った。

熱っぽく、髪が乱れて、口は開いたまま、いつもの気取ったからかいの殻を剝がれて、頼りなげに見えた。いかにも無防備に見えて、カーティスは拳を握った。もしジェームス・アームストロングがやってきたら、ただではおかない。

一時間前後経ってから、扉をノックする音がして、ハイキング支度をしたマートン嬢が現れた。ホランド&ホランド社製のショットガンを脇の下に持ち、ナップザックを掲げた。「食料と飲み物、それからここに置いて行けるリボルバーが一丁。彼は任せて。フェンには事情を話した」

「気をつけて。彼の面倒を頼む。ありがとう、マートンさん」

「あなたがフェンの面倒を見てくれたら、彼の面倒を見るわ」乾いた口調で言った。「それから、こういうことになったことだし、パットと呼んで」

第十一章

カルース嬢ともすぐに「アーチー」「フェン」と呼び合う仲になった。朝食の席に味方がいるのは心強く、カーティスが膝の調子がだいぶよくなったと説明する一方で、フェンはパットが一日中一人で歩き回ることにしたと触れ回った。ごく自然に、不適切さのかけらもなく、付添人のきびしい目がなくなったので一日を自由に楽しく過ごすこと決め、その相手にカーティスを選んだことも、同時に知らしめた。

ジェームス・アームストロングは気にした様子はなかった。ダニエルとホルト、そしてパット・マートンの不在で人数の少なくなったテーブルに座って顔をしかめ、朝食の後、フェンが庭歩きをしましょうと提案しているところへ、カーティスに寄って来た。

「おい、ホルトを見かけたか？」

「見ていないな。ずいぶん朝寝をしているようだな」カーティスは言葉に少し非難めいた調子を入れた。

「部屋にいないんだ」

「ほう。ではずいぶん早く出かけたんだな」

「今朝は皆そうだったようね」フェンが言った。「パットは朝の散歩に出たし、アーチー、あなたも早かったんでしょ？」

「六時頃だったかな。ホルトには会わなかったが」

「六時！」フェンは小さな叫び声を上げた。「私はまだ美容睡眠の時間よ」

「ならば、いつもずいぶんとよく眠っているようですね」カーティスは、あまり適役とは言えないものの、ここでの自分の役目はお世辞を言うことだと自覚して言った。

アームストロングはこの情けない褒め言葉に反応しなかった。カーティスが、自分がここしばらく追いかけていた女性の関心をひいたことを気にする様子はなかった。「早く戻るといいが」不満げに言った。「昨夜、何か音を聞かなかったか？」

「昨夜？　いつ頃？」

「いつ頃でも」

カーティスは首を振った。「私は早めに床に就いた。十時くらいだっただろうか。ぐっすり眠っていたよ。ホルトが夜出て行ったというのか？　いったい何でそんなことをするんだ？」

アームストロングは居心地悪そうな様子になり、カーティスはアームストロングがホルトの行動を知っていたと確信した。ダニエルを洞窟に置き去りにし、ホルトが夜中、よからぬ目的で戻ることも、知っていたのだ。

「知らないが」アームストロングは言った。「音を聞いて、その──」

「泥棒？」フェンが恐ろしげに息を呑んだ。「まさか、泥棒に遭ったって言うの？」

「いやそうじゃない、このバ……」言いかけて、アームストロングは必死で取り繕った。フェンは可愛らしい顔に冷たい礼儀正しさを装った表情を浮かべて見つめた。相手が何を言おうとしたか、明らかに理解していた。

「それはよかったわ、アームストロングさん。アーチー、行きましょう。エスコートしてくださる？」

カーティスが腕を差し出すと、フェンは、まるで公爵未亡人もかくの如く、自尊心を最大限傷つけられた様子で部屋を出て行った。アームストロングは追って来なかった。

庭に出て、周りに誰もいないことを確認すると、フェンはその褐色に光る瞳で可笑しげにカーティスを見上げた。「あまり礼儀正しいとは言えなかったわね、あの人」

「奴は不安なんだ。甘く見ない方がいい、カルースさん、いや、フェン。パットからどのくらい聞いている？」

「必要なことは聞いたわ、たぶんすべてだと思うけど」フェンは圧倒的な自信をもって話した。

「ホルトさんは戻って来ない、のね？」

「そう、そうだ。戻って来ない」

「素敵」カーティスは驚愕して見下ろした。フェンはしかめっ面をした。

「いやな人だと思ってた。裏で皆のことを嗤っていたのよ。ヒューバート卿には礼儀正しくしていたけど、本当は軽蔑しているのがわかったわ」

「そう思った？　私は気がつかなかった」

「私は思ったわ。影でこそこそ人を嗤うような人は嫌い」

「ダ・シルヴァにもそういうところがある」カーティスは悲しそうに言った。

「そう？」フェンは少し考えてから続けた。「私はそう思わないわ。確かに、ダ・シルヴァさんは皆を嗤っていたけど、誰かに冗談に気づいて欲しいと思っているようだった。そう思わなくて？」

「なるほど。その通りだ。君は鋭いな」

フェンはえくぼを作った。「でもホルトさんはそうじゃない。あの人の冗談は人に知られてはいけない類いのもので、面白くもなかったし、むしろ気分が悪くなったわ」

「何か言われたのか？」

「そうね」フェンは後ろに手を組んで歩みを進めた。「くどかれるのが嫌いなわけじゃないわ。ダ・シルヴァさんはひどいお世辞を言うけど、とっても面白いし、真面目さのかけらもない。ホルトさんはひどかった。もちろん、皆のいるところではなく、二人の時にね。人を見透かして、知るべきではないことを知っているかのような話しぶりだった」間を置いた。「そして、覗き窓の話からすると、実際にそうだったわけね。下劣極まりないわ」

カーティスはホルトがフェンの何を見たのか気になったが、それは関係のないことだった。

「私たちで終わらせることができる」カーティスは言った。「狼藉者たちを現行犯で捕まえることができる人々を、呼ぶことさえできれば。交換手に内容を聞かれることなく、電話をかけられればいい」

「そういうことよね」フェンはにっこり笑った。「私に考えがあるわ」

考えはすぐには実行に移せなかった。まずアームストロング夫人がやってきて、二人にいたずらっぽい視線を向けると、マートン嬢の代わりに付添人を勧めると宣言した。この弱々しい冗談に、フェンは作り物ではない笑い声を上げた。カーティスはアームストロング夫人の目に疲れを見てとった。

二人は残りのメンバーのところに連れて行かれた。田舎の別荘のパーティーでは、女主人が客人に娯楽を提供するのが普通だ。アームストロング夫人に人気があったのは、――これは一方で脅迫ビジネスの成功にもつながっていたのだが――、たまに客同士が日中二人で消えるのを容認したり、部屋を隣どうしに配置したりすることから来ていた。

とは言うものの、適度な見た目を保つ必要はあった。人数が減ったパーティーの面々は、ジェームスを除いて、アーチェリーで遊ぶことにした。ヒューバート卿が屋敷にアーチェリーレンジを作っていたし、男女両方で楽しめるスポーツだったからだ。カーティスも射的に挑戦した。たとえ集中していても弓を扱うのはほぼ無理で、心ここにあらずの状態ではますますダメだったが、少なくとも的を外しても言い訳をする必要がなかった。

別の情況下では飛ぶように過ぎただろうひとときの後、昼食の時間となった。カーティスはアームストロング夫人の飽くことない干渉を呪った。いったいいつになったら放っておいてくれるのだ？　無防備で、病状が悪くなっているかもしれないダニエルのことが気にかかってならなかった。一人きりのパット・マートン、武装してはいたが、もしジェームス・アームストロングがその跡を見つけたとしたら？　そして、時間がどんどん経っていた。この時間になっては、今日中に助けが到着する望みはもうなく、電話が遅くなればなるほど、遅れていく。

カーティスは南アフリカでボーア人部隊に追われて小さな村落に避難したことがあった。敵陣の奥、二日間水なしで、さらに怒り狂ったカバに追い詰められたのだが、話で聞くほどは面白い経験ではなかった。こうした経験はいい思い出とは言い難かったが、この別荘でのパーティーはそのいずれよりも神経をすり減らすものになりつつあった。

「スパイスの効いた牛肉を試してちょうだい、カーティスさん」アームストロング夫人が言った。「料理長が南アフリカ風に作ったんですのよ」

「南アフリカでは皆何を食べるの？」ランブドン夫人が尋ねた。「シマウマとか？」

カーティスが応対しようとした時、火照った様子のジェームス・アームストロングが入ってきた。

「遅いぞ」ヒューバート卿が顔をしかめて言った。

「すみません、お父様、皆さん。歩きに出かけて、時間を忘れました」

カーティスはその言葉を疑った。ジェームスはたぶん洞窟に行った。すべてがうまく行っていれば、何も見つけることはできなかったはずだ。ダニエルがどこへ消え、ホルトがどこにいるのか、疑問に思っているだろう。自転車が無くなっていることには気がついたはずなので、ホルトが帰って来なかったことも自明だろう。

ダニエルを探していたのか？　使用人たちを使っているだろうか？　南アフリカでは、何もない土地で何マイルにも亘って足跡を追うことのできるブッシュマンたちがいた。皆にキング・ジョージのあだ名で呼ばれていたしわだらけで髪の薄い男ならば、カーティスの洞窟から装飾塔までの跡を走って見分けることができて、男を一人抱きかかえていたことさえ見抜いただろう。カーティスはピークホルムにそんな技量のある者がいないことを願った。

父親からさらなる叱責を受けた後、ジェームスはテーブルについた。心配そうで落ち着かない様子だった。

「そういえば」唐突にカーティスに向かって言った。「南へ帰るのではなかったか？」

カーティスはにこやかな笑顔で応えた。「おかげで膝がだいぶよくなってきたんでね。あまり長距離は歩けないが、散歩くらいは問題なさそうだ。そうそう、専門医に連絡をとりたいので、電話をお借りしてもいいですか？」機会を捕らえて、アームストロング夫人に尋ねた。

「念のために」

「もちろんです。いつでも結構よ。交換手は七時までいるわ。ここの交換手は私たち専属なのをご存知？」

「どんな風になっているか、私も是非見たいわ」フェンがすかさず言った。「お父様の会社がシステムを作ったのよ、アーチー。見に行かないと、お父様をがっかりさせちゃう。私も交換所を見に行ってよろしいかしら？　回線については何一つわからないけど、どんなに頭がよさそうに見えるか、アーチーに自慢できるわ」

「もちろんよ」アームストロング夫人が少し笑いながら言うと、他のメンバーも一緒になって和やかに笑った。フェンは愛らしく笑顔を返した。


果てしなく続くように思えた昼食の後、二人は交換所に向かった。じゃり道を歩いていく途中でフェンが言った。「あなたはきっと悪口をたくさん知っているわよね？　軍隊時代から」

「まぁ、少しは」カーティスは不意をつかれた。

「我慢しないで、言ってもいいわよ。内緒だけど、パットは言葉使いが悪いの。兄弟が四人もいるからだけど。あの人たちとの食事の後では、パットの悪口が恋しいわ。アームストロング夫人を叩きたかった、本当に」フェンはいら立ち、憤慨している様子だった。「あの人たちの知る限り、ダ・シルヴァさんは暗い穴の中で死んで横たわっているというのに、何食わぬ顔で冷たいチキンと揚げたお肉を頬張っているなんて」

「まさに同感だ。交換所ではどうする？」

「交換手によるわ。私に任せて」

電話交換所は発電機の隣に立てられ、将来周りの緑に溶け込むように濃い緑に塗られた何の変哲もない小屋だった。流れの速い小川が小屋の下方を流れ、屋敷に電気を供給する水車を回していた。

フェンは扉をノックすると、応対した小柄ではげ頭の男に目くらましの笑顔を向けた。

「こんにちは、私はカルース。フェネッラ・カルースよ。私の父はピーター・カルース。サー・ヒューバートのためにここのシステムを作ったの」

交換手の表情は変わらなかった。どうやらあまり電話に興味はなさそうだった。「はぁ、それで、お嬢様？」

「交換所を見学していいって言われたの。サー・ヒューバートが親切にお父様に自慢していいっておっしゃって」するりと中に入ると、続いたカーティスは、周囲のワイヤーやソケットを不可解な顔で眺めた。「教えてちょうだい、ここではレプトン変圧器が使われているの？」

「わかりません、お嬢さん」

フェンは頷いた。「では、アーチー、私が説明してあげる。通話をするには、まず電話を交換機に繋げる必要があるの。ここにあるのがフロントキーで、家の電話のためのものよ。ジャックにこれを差せば、バックキーが別の人の電話に繋げてくれるの。うーん、どうだったかしら」フェンは交換手に愛敬をふりまいた。「どれが交換手のコードに繋がって、どれがリングジェネレーターでしたっけ？」

カーティスはたぶんそれはかなり初歩的な質問なんだろうと思った。交換手にも十分理解できるのだろう。交換手は得意げに機械の詳細を話し始め、いつのまにかフェンは交換デスクに座って身をよじって笑っていた。

「ということは、フロントキーをここに接続して、バックキーがここで。さぁ、カーティスさん、あなたの専門医の番号を教えてちょうだい、私が交換手になるわ！」

カーティスは伯父の事務所の番号を暗唱した。フェンは身をよじらせながら通話をつなぎ、応答があるとすぐさま、「アーチバルト・カーティスさんからお電話でーす！」と歌うような声で言い、今度は手を口元にやって立ち上がると、レシーバーをカーティスに渡しながら「不躾だったわ。お医者さまとの会話を聞くなんて、いけない」と言った。そのまま交換手の腕を摑んだ。「この隙に発電機を見せてちょうだい、カーティスさんの電話の邪魔をしないように」

交換手は抗議しかけたが、不意を突かれ、もちろん婦人の頼みを正面から断るようなことはできなかった。フェンが男を外へ連れ出すと、カーティスは電話越しの誰何する声に言った。

「大至急サー・モーリス・ヴェイジーにつないでくれ。国家機密に関わる緊急事態だ。今すぐ話したい。人の命がかかっている」

少ししてカーティスは小屋から出て、フェンと交換手と共に発電機の仕掛けと技術の進歩に感嘆した。

その場を去る時、交換手は複雑な表情をした。「本当は、一分でも持ち場を離れちゃいけなかったんです」

「私たち何も悪いことはしていないわ」フェンは請け負った。

「そりゃそうですが、私の仕事がかかってるんで」

「サー・ヒューバートはきっと君の親切に感謝してくれる」カーティスが言った。「でも、私たちから何も言わない方がよければ……?」

「是非、そうしてください、サー」

「そうか、ではせめて……」カーティスは十分なチップを渡すとフェンの腕をとり、ひと仕事を終えた満足感に包まれて、館に戻って行った。

パットは夕食のベルの少し前に、冷たい空気と赤い頬と共に、屋敷に戻ってきた。着替えに部屋に上がる前に、カーティスと話す機会はなかった。当然、二人とも夕食に出席しないといけない。ダニエルが一人で数時間耐えられる状態であることを願いつつ、テーブルにジェームス・アームストロングがいるのを見て安心した。とりあえず夕食の間は青年から目を離さないようにしようと心に決めた。

「ホルトさんはどこ？」会話が途切れた時、パットが尋ねた。「彼も帰ったの？」

「わからないんです」アームストロング夫人が言った。「今朝自転車で出て行ったみたいなのだけど、戻ってきていないの」

「タイヤがパンクしたのではないかしら。ここの道は石だらけだから。私が見たのは彼だったのかしら」

「見たのか？」ジェームスが鋭く言った。

「誰を見たのかはわからない」パットはゆっくりと言った。「彼かもしれない男性が自転車に乗っているところを、昼食を摂った頃に見たわ。ここから七マイルほど北東に行った岩場にいた時よ」

「まぁ、パット。そんなに遠くまで行ったのね」フェンはやさしい視線を送った。「本当に元気」

「でも、ホルトかもしれなかったのか？」ジェームスがさらに訊いた。

「マートンさんはわからないと言ったわ」アームストロング夫人はわずかに命令口調だった。

「探索に人を出したから、今できることはないわ」

「たぶん、タイヤのパンクよ」パットは断固とした調子で言った。「私はここでは自転車には乗りたくないわ。いつまでもタイヤを変えているハメになるから」

「あら、女性なのに自転車にも乗るの？」ランブドン夫人が少し非難を込めて言うと、話題が自分の殺した男からそれて、カーティスはホッとした。

パットと話せたのは、女性二人がその夜のカードゲームのテーブルを仕切って、三人でプレーすることになった席でだった。この時点までにカーティスは、二人の女性の恐るべき調整力を尊敬するに至っていた。

「病気になってはいないわ」小さな声でパットが言った。「リボルバーを置いてきたし、扉は閉まっている。水を持って行って」

「彼は大丈夫か？」カーティスはなるべく静かに訊いた。

パットは少し大げさだと感じるくらい思いやりのこもった表情を見せた。「神経質になってる。何とかなるわ」

この時フェンが得意満面でカードトリックを一つ決め、カーティスは何とかゲームに注意を戻そうと努力したが、完璧に負かされる結果となった。

その夜がお開きになるのをカーティスは耐えられないほどじりじりと待った。この場の人々の本性を知った今、それは悪夢のような時間だった。ヒューバート卿の陽気な様子はまるで何かのパロディーのようだ。ジェームスとランブドンは、カーティスの目にただ無礼というより野卑で愚純に映り、アームストロング夫人の面倒見のよい、親切な様は、あまりの嘘くささに胸が悪くなった。無理をして笑顔を作り、おしゃべりし、ゲームをしていたが、最初の機会を捉えて、心からありがたく居室に引き上げた。

第十二章

夜の十二時まで待って、水を一瓶とウイスキーの入ったフラスク、キッチンからくすねてきたチキンパイ、そしてリボルバーとで武装して、屋敷を抜け出した。前回よりもさらに注意深く、家の周りの砂利道を越えるためになるべく音を立てずに歩き、常に木の陰を行き、濡れているものの、枯れ葉を踏むのを避けた。アームストロングの使用人たちがまだホルトを探している可能性もあり、ダニエルのように音を立てずに動けることを願ったが、装飾塔までの道のりで人と遭うことはなかった。

扉は閉じられていた。小さくノックして、人目にさらされている心地悪さを感じながら、窓から姿が見えるように建物から離れて立った。ダニエルが眠っていなければいいが。

重い木製のかんぬきの音がして、扉が開いた。

ダニエルは戸口に立ち、髪は乱れ、無精髭が生えていた。盗んだだぶだぶの衣類を来て立つ姿に、カーティスは胸が痛んだ。急いで塔の中に入った。ダニエルは背後でかんぬきをかけると、カーティスに向き直った。

会ったらすぐに、居場所を気づかれた可能性があるかどうか聞こうと思っていたが、心の中から一切の言葉が消えていた。もう一度腕の中に相手を抱きしめて、近くでその体温を感じたいという欲求で、体が麻痺していた。

「カーティス」

「会えて嬉しい」カーティスは思わず素直な気持ちを口にした。

「僕も会えて嬉しいよ。昨夜会った時ほどではないけど。とは言っても、あれほど誰かに会えて嬉しいという思いは、二度としたくないな」ダニエルの声はある程度強さを取り戻していて、どこかからかいがこもっているように聞こえた。

カーティスは暗い中で相手の表情を読み取ろうとした。「大丈夫か？」

「君のおかげで。あともちろん、恐るべきミス・マートンの。ジェームス・アームストロングがやって来ていたら、発砲していたことは間違いない」

「そうならなくてよかった」カーティスはダニエルの言葉の軽さに合わせた。カーティスの感じている欲求を返してくる様子が相手の声にはまったく感じられなかったからだ。〈自分を制御しろ、このバカ〉「あいつの首は私がへし折ってやるつもりだから」

ダニエルは考えながら首をかしげた。ほんの二フィート先にいる相手の体を、その近さを、カーティスはそれ以上近づくことなく、鮮やかに意識した。「そうなんだ？　そうか、だろうね。でも、実行しない方がいいと思う」

「なぜ？」

「彼らが何を誰に売ったか、知る必要がある。サー・ヒューバートとアームストロング夫人は頭がいいし、ホルトは死んだ。逮捕されて一番口が軽そうなのは、どうしようもないジェームスだ。僕は君が助けを呼ぶことに成功したという想定で話しているけど」

「きょうの午後、サー・モーリスと話した。朝までに応援部隊が到着する。後は待つだけだ。そのために、リボルバー一丁と、食料と飲み物を持ってきた」

「水？　それとも本当の飲み物？」

「両方」

「だから君が好きなんだ」

口調は軽かったが、言葉は二人の間を少し長めに漂った。カーティスは暗い中に佇む影を凝視し、もう少し良く見えればいいのに、と願った。

「上に行こう、少しはマシだ」ダニエルはらせん状の階段を中二階に向かった。連双窓から月明かりが部屋を照らしていた。「ホルトについてはどうなった？」

「行方不明ということになっている。ジェームスは何かを疑っているが、パットが情報をかく乱した。まだパニックには陥っていないと思う」

「では明日本当に警戒し始める前に、応援が着いているというわけだ」ピクニック用の毛布は木の床にたたんで置かれていた。ダニエルは客を迎えた主人のごとく優雅に手招きし、二人は石壁にもたれて隣り合わせに座った。冷たかったが、耐えられないほどではなかった。カーティスは食べ物と水を渡した。

「ありがとう」ダニエルはパイを一口食べた。「教えて。どうして僕が洞窟にいることがわかった？」

「君が荷物を全部運び出したとは、とても思えなかった。アームストロング一家は君がホルトとアームストロングとのカード遊びでいかさまをして出て行くように言われたと——」

「もし僕が本当にいかさまをしていたら、あの二人は無一文になって下着姿でうろつき回るハメになっていたよ」

「やっぱり、君と勝負したらそうなると思っていた」カーティスはその才能が妙に誇らしくなった。

「そうなる。でもやっていない。続けて」

　カーティスはアームストロングの言葉とその後の自分の推理について話した。ダニエルは向き直るとまじまじとカーティスの顔を見た。居心地が悪くなって体を動かした。「何？」

「あのうすらばかのアームストロングのほんの一言で、君は二マイルの夜道を歩いて洞窟探検に出たのか？」

「それ以外思いつかなかった。他にどうしていいかわからなかったんだ」

「文句は言っていない、ただ自分のとんでもない幸運に感動してるんだ。カーティス聞いてくれ、いくら感謝してもしきれない――」

「いいよ。昨夜もう十分に感謝してもらった」それは正確には事実ではなかったが、カーティスは感謝の言葉を求めているわけではなかったし、ダニエルの声に混じる怒りと恥の震えに耐えられなかった。「同じような状況下であれば、きちんとした男なら誰もがとった行動だ。君も同じことをしただろう」

「君に反論したくはないけど、僕なら母親のためだろうとできなかったよ。地下に関しては、僕はひどい臆病者だ。今回はこの事実を自分の胸に閉まっておくべきだという貴重な教訓を得た」

「蜘蛛が大嫌いだという男を知ってる」カーティスは申し出た。「軍隊でね。大男で、私と同じくらいの背格好、古いブーツのように頑丈な男だったけど、かわいそうに小さな蜘蛛が苦手だった」

「君たちはその男を容赦なくからかったんだろうね。臆病でばかげたことだってわかってるけど、僕はとにかく自分の上に土がある――そう感じるのが耐えられないんだ。何百万トンもの重さを感じるんだ、上から押さえつけられるような――」

カーティスはその肩に手を置いてダニエルを止めた。「最初に戦闘に出た時、ある軍曹が私に何て言ったかわかるか?」

「いや?」

「早めに便所にたどり着くのが肝心だと言ったんだ。なぜなら恐怖のあまり、かなりの人数が漏らしてしまうから、と」ダニエルは体をねじってこちらを見た。カーティスはその表情を見てにやりと笑った。「私が言いたいのは、人は恐怖を感じるものだということだ。大事な日の前夜に泣いてしまう男なのかどうかは問題ではない。実際、そういう男を知っていた。問題は、その後でいかに立ち直るか、だ」

「君の軍での階級は?」ダニエルは尋ねた。

「大尉だ」

「そう。将軍じゃなかったのが驚きだ」

ひねくれた言葉だったが、いつものダニエルらしかった。その後、ダニエルがカーティスに寄りかかったので、心地よい体勢になろうと、カーティスは腕を相手の首の後ろに回した。

「怖かった?」ダニエルが唐突に訊いた。「戦闘の時」

「さほどでも。私にはあまり想像力がない。苦しむのは想像力のある男たちだ」

「〝臆病者は何度も死ぬ〟?」

カーティスは首を振った。「戦場の男たちは国のために命を賭けていた。臆病者はそんなことはしない」

ダニエルは少しの間じっとしていたが、その体から少し緊張が解けたのをカーティスは感じた。頭の後ろと浅黒い首筋を見つめた。ほんの少し体を傾けて、唇を近づけ、一瞬で構わない、その肌に触れたかった。

カーティスは尋ねた。「そういえば、いったい何があったんだ？ どうして捕まった？」

「まぁ、運が悪かったんだ。皆がまだ階下にいる時間に、その時間に人はいないだろうと踏んでサービス通路に忍び込んだ。ところがあの乱暴者のマーチが部下を連れて歩いて来て、ホルトを呼んだんだ。あの二人相手に言い逃れをすることはできなかった。何しろ通路の内側から、鏡とカメラが丸見えだった」ダニエルは重心を移してカーティスにさらに密着した。「もちろんホルトは僕が嫌いだった。ユダヤ教の習慣とあのビリヤードでの一件も併せて。あれは本当に調子に乗り過ぎた」ため息をついた。「今回の作戦で、僕にはつくづくいいところがない」

カーティスは腕に力をこめた。「それで、何があった？」

「ホルトは僕がなぜそこにいたのかを知りたがった。君が僕のしていることを知っているかどうかも。単なる思いつきの泥棒だと思わせるためにイーストエンドの下町風を全開にしたけど、奴は信じなかった。そして洞窟のことを思いついたわけだ」ダニエルは発作的に息を呑んだ。「思いつきというのは、一日洞窟に放っておけば口が軽くなって何でも話すだろう、ということで、実際にそれはかなり正しかったけど、ただそうなるまで一日なんて必要なくて、あの石を滴り落ちる水と寒さと――」話すのをやめると深く息を吸っては吐き、震えの混じる声で続けた。「ホルトは自己中心的な男だ。僕が盗賊以上の何かだと本当に疑っていたとは思えない。僕を拷問する理由が欲しかっただけだ。というか、誰かを拷問する理由が欲しかった。たまたまそこにいたのが僕だった」

「私があのくだらない話で奴にヒントを与えてしまった。悪かった」

「僕はそうは思わない。何しろ、ナイフや針を使われた方がいいとは思わないからね。それから、奴が僕を地下に放置したいと思ったからこそ、君に見つけてもらうことができて、本当に――」

「しーっ」抱き寄せると、ダニエルは体をねじって片手をカーティスの胸の上に置いた。

冷たい薄暗闇の中、二人は静かに抱き合っていた。かすかな月明かりが連双窓越しにすべてを灰色に映した。気がつくと、自分でも驚いたのだが、カーティスはダニエルの髪を撫でていた。ダニエルは何も言わなかった。

「ホルト」ようやくダニエルが声を出した。「君が殺した」

カーティスの手が一瞬止まった。「そうだ」

「あの時は一日をひどい情況で過ごした後で、寒くて、自分でもあまり正気ではなかったように思う。だけど、君もそうではなかったように見えた」

「ああ」カーティスは何と言えばいいかわからなかった。

「あれがバーサーカー状態というヤツなのか？」

「君もあの本を読んだのか、伯父についての？」

「それも読んだけど、アイスランドのサーガもたくさん読んだ」驚くべきことにダニエルが告げた。「古ノルドについて修士論文を書いた」

「君は修士号を持っているのか？」ボクシングの強さだけでオックスフォードに入ったカーティスは、警戒心を強めた。

「ドイツの大学での同等の学位、ちなみにハイデルベルク大学だ。というわけで、バーサーカー戦士についての解説文はかなりの量読んでいるが、カーティス、言わせてもらうと……君は通常の大きさの倍くらいに見えて、気味が悪いくらい笑い続けて、もちろん奴の首の骨を素手で折ってみせた。大した光景だった。批判するつもりはみじんもないが、圧倒されたよ」ダニエルはつけ加えた。「まるで二十世紀の今日によみがえった生身のローマ兵士みたいだった」

カーティスは気まずくなって肩をすくめた。「私にはわからない。あの作家のクォーターメンは、伯父と私は祖先の古ノルド族への先祖返りだとよく言っていた。人種の記憶とか、そういうものだと。私に言わせればナンセンスだ。喧嘩をすると時々我を忘れてしまう、それだけだ。自慢はできない」

「そうだろうな。ホルトのナイフは大丈夫だった？」

カーティスはこの唐突な話題の転換に同情や謝罪が介在しないことに感謝した。ダニエルが話しやすいのはこういうところだった。刺々しいムードの時を除けば。「上腕を切られた。傷は深くない。コートのおかげだ」裂けたコートは血まみれのシャツと一緒に衣装棚の奥に隠し、傷を数枚の絆創膏でふさいだ。完璧な処置ではなかったが、治るだろう。

「ナイフを使うとは、卑怯だったな。君に恐れ戦いて、それこそ死ぬところだったとは言うものの」ダニエルは首を振って、いくばくか満足げな表情で、ホルトの口調を巧妙に真似て言った。「汚い南方野郎（ダゴ）のやり口だ」

「私もそう思ったんだ！」カーティスは声を上げ、静かに笑うダニエルの体の震えを感じた。カーティスは壁を背にダニエルは横向きに、二人は寄りかかって座っていて、カーティスの背骨が抗議の声さえ上げていなければ、その体勢は好ましいものだった。

「座り直さないと」残念ながら告げた。

ダニエルが横に転がった。カーティスはどう言えば戻ってきてくれるのか、わからなかった。膝を立てて脚を広げ座り、かろうじて言った。「だいぶ寒くなったな」

「一緒に座って温まろうか？」ダニエルはそう言うと同時に動き、カーティスの脚の間に背を向けて座り、その胸に寄りかかった。心臓が早鐘のように打ったが、カーティスは後ろからダニエルの肩に腕をかけ、親密さに浸った。

「なぜ修士号をとりにハイデルベルクに行った？」何か言いたくて、尋ねた。「というか、なぜドイツ？」

「色々な理由」ダニエルは応え、少ししてから加えた。「ケンブリッジを追放されたんだ」

「そう」少し面食らった。「それは、君の、あ……私生活のせいで？」

「そうとも言える」ダニエルは頭を後ろに傾けた。「ボートチームに美少年がいた。上流階級の、ぴかぴかの若者。イーストエンド出身の雑種猫から見たら、夢のような存在さ。僕は夢中になった。相手も僕に――興味を持って、熱に浮かされたようなイースターの一学期を過ごしたんだけど、ボートハウスにいるところをクルーの一人に目撃されて。どんどん噂が広がった。そこで、僕の最愛の彼は学長に僕に無理やり襲われたと申し立てることにしたんだ」

「何だって？」

「本人の中ではきれいに説明がついていたんだ」ダニエルは頭を動かさなかった。「公爵の次男で、守るべき社会的地位があった。一方で僕はスピタフィールドの鍵師の息子で、ケンブリッジに入るために一族全員から金を集めなければならなかった。あれは彼の場所だった。僕ではなく。不名誉に放校されても、僕の方が失うものは少ない、彼はそう思ったんだ」

カーティスはつばを呑んだ。声を平静に保つのに苦労した。「ダニエル、それは……」かける言葉が見つからなかった。

「ひどく落ち込んだよ」ダニエルは言った。「もちろん学長はすべてを信じたわけではなかったけど、二人の相対的な重要性については、僕のかつての恋人と同じ立場をとった。とはいえ、さすがに決まりが悪かったみたいで、この一件の記録は封印されて、僕の経歴に思ったほどの影響はなかった。その後すぐにハイデルベルグ大学の全額支給の奨学金をもらうことになって、それ以上家族に負担をかけずに済んだし、そういう意味ではむしろよかった。お礼を言うべきだったかも」

「自分勝手なクソだ」

「その後も進歩はしなかった。二年後、クリーブランド通りの男色宿（モリーハウス）が警察の手入れにあった時、そこにいた何人かの男と一緒に逮捕された。釈放されてから、拳銃自殺したよ」

「神よ」カーティスはこんな話にどう返していいかわからなかった。今まで「そんな連中は自殺すべきだ」という類いの言葉は、何度も聞いたことがあった。だが、こんな風に実際の出来事と重なったのは初めてだった。

「そういうこと」ダニエルはしばらく押し黙った。「じゃ、この話はもう終わり。何で君にこんなためにもならない話をしたんだか」

「話してくれて感謝してる」カーティスは考えながら眉をひそめた。「君は、気をつけているよね。つまり、トラブルに関わらないようにしているんだろうね？」

ダニエルは少し間をおいてから応えた。「トラブルって、殺されるのを待ちながら、一日中岩に縛りつけられる、とか？」

「いや、警察のことだ」

「もちろんさ。君の人生の見方はかなり面白いな。意外かもしれないけど、僕は常に用心してる」

それまで考えたこともなかったが、ダニエルがさらされている危険が急激に意識され、カーティスは不安に襲われた。「君は他の人とは違う」そう反論した。「見た目からして明白に——」

「そうかもしれないけど、違法ではない。現行犯でなければ逮捕はできない。ちゃらちゃらしているだけでは、さすがに捕まらないよ。心配しないで。よくわかっているから」

カーティスにはよく理解できなかったが、ダニエルの軽い口調にはこれ以上突っ込むなという鋼の警告が含まれていた。「まぁ、君がそう言うのなら」代わりにしわのよったシャツの布地の上に、その下の肌の温かさを感じながら、手を滑らせた。「それで、僕の伯父の元で働くようになったきっかけは？　君は、えー、そういうタイプには思えない」

「ねぇ君、僕は鍵を開けられて、静かに動けて、紳士の振る舞いもわかって、ヨーロッパの最大の敵国の一つの言葉が話せる。まさにそういうタイプだよ。そして常に適性のある人間を探している人々がいるんだ」

「君がそのあれ、でも……」

「特にそのあれ、だからさ。君の伯父は一度僕に、何人か頼れるクイアーがいるのは便利だ、と言ったことがある。僕もそう思う、と応えたよ」

「まさか」

「言ったさ。伯父さんはにこりともしなかったけど」

「しなかっただろうな」カーティスは恐ろしい伯父を思って、小さく言った。「君は神経が太いな」

カーティスの手はダニエルの胴体を、少しずつ大胆に、上下に撫でていた。薄暗闇の中、その体に触れながら座っているのは、何ものにも代え難い特権のように思えた。手を広げると、何か硬い金属のようなものに触れた。何をしているかあまり考えることなく、その小さく丸い硬いものを手でつまんでいると、ダニエルが小さく誘うような呻き声を上げたので、それがあの乳首のリングだということに気がついた。

「あ、」もう一度注意深く、今度は少し撫でるように触った。

「ん……」ダニエルの背中が反って、カーティスの手の方に体を押しつけた。親指を小さなリングの上にこすりつけた。「んん」

「あの、こうしても?」何の許可をとっているのかわからずに尋ねたが、ダニエルは喉から絞り出すように「いいよ」と応え、ボタンをいくつか開けた。カーティスは開いたシャツの隙間からダニエルの温かい肌の上に手を滑り入れた。指が銀のリングとその勃起した乳首に直接触れ、二人ともその感触にぴくっと震えた。カーティスは何をしているかよくわからなかったが、指で肌を撫で、自分の動作が相手に引き起こした反応を十二分に感じて、嬉しくなった。ダニエルの呼吸が深まり、カーティスの手の下で体を動かした。もしかして月明かりの影のせいかもしれないが、ひょっとして……。

カーティスは自分の傷ついた手を呪ったが、例え手の感覚が遮断されても、手袋で醜い状態が隠されていることに感謝した。前かがみになり、ダニエルの胸を左手で撫でながら、右手をダニエルの腰とその下方に伸ばした。

やはりそうだ。ダニエルは自分のやっていることに明らかに反応していた。

カーティスはそこにも触り始め、黒い素材の上から、その硬直した昂りの上に手を這わせた。ダニエルが鼻の奥で声を上げ、誘うように腰を突き出し、カーティスは目的のためには自分の二本の指では役に立たないことに気がついた。

「待って」そう囁き、ダニエルの乳首をきゅっとつねると、相手の小さな悦びの声が股間を直撃した。「こうしたら――」まともに動く方の手をダニエルの腰に下げ、手袋をした右手で乳首に触れた。

ダニエルは革の感触に首を振った。「それをとって」

「何？」

「手袋」

「あまりいい眺めじゃない」

「君の審美的な意見はどうでもいい」ダニエルは鋭く放った。「君の肌が欲しい」

カーティスはためらったが、暗かったし、本当は心の底から直に触れたかった。手袋を外し

て横に落とした。薄明かりの中、よれた傷跡は黒々しかった。ダニエルの優雅な指がその手を取り、傷跡を覆うように持って、自らの乳首に招いた。

実際、そこで必要なのは二本の指だけだった。

カーティスは問題のない方の手でズボンのボタンを外すと、ダニエルのそれがすぐに滑り出たことに軽く衝撃を受けたが、地獄のような一昼夜の後で下着をつけていなかったことを思い出し、硬直した長さを手に握った。その肢体と同じように細く滑らかなそれを上下に撫でながら乳首に触れ続けると、ダニエルの体は興奮で反り返り、カーティスは自分が喚起した反応が信じられなかった。

「ダニエル」囁き声で言った。

ダニエルは頭を後ろに預け、目を閉じ、口を開け、背骨を反らせていた。カーティスの手に向かって静かに律動していたが、ペースを預けてきていた。カーティスは今自分が、欲しがっているダニエルの体を思うままにできるのだということに気づき、そう考えただけで股間が耐えられないほど熱かった。「ああ、ダニエル。もっと前にこうしていればよかった。したかったんだ」もう一つやりたかったことがあった。指を外さないようにしながら、体をずらして腰をひねり、ダニエルの胸に顔を近づけた。滑らかで、温かく、汗の塩の味を唇に感じた。肌の上をもう片方の乳首まで辿り、口づけをした。

カーティスが自分でも大胆だと思いながら、乳首を吸って、舐めると、ダニエルが喘ぎ声を上げた。「ほんと、こうしてもらうべきだった。今週二人でずっとこうしているべきだった。そう、それでいい。それだ」

「君に触りたかった」カーティスはダニエルに聞こえるかどうかわからないくらいの小声で囁いた。相手が聞いているかどうかもわからない。手の中で腰の動きが激しくなり、ダニエルはさらに硬さを増していた。「君のことをずっと触りたかった。部屋で、襟ボタンを留めてもらった時、話しているだけでイッてしまいそうだった——」

ダニエルが吐き出すように笑った。「やってあげる。いつかね」

「君をイカせたいんだ。私のこの手で」

ダニエルは体を反らせ、手の中で震え、もう話す余裕さえなかった。カーティスは乳首を強くひねり、ダニエルが声を上げて絶頂に達すると、勝ち誇ったようなうなり声を上げた。その精はホルトから盗ったシャツと、裸の胸、そして最後の数滴は、あまりの感覚に相手が声を上げるまで絞り上げると、カーティスの手に放たれた。

全身の力が抜けて、ダニエルの体がカーティスの上に崩れ落ちた。カーティスは自らの股間の昂りを感じながら、その時間を愉しんでいた。自分が戦捷の勇者のように感じられ、乱れて疲れきったダニエルは、まさに征服されているように見えた。

「何をニヤニヤしている？」ダニエルは目を開けることなく言った。

「別に」カーティスはほとんど無毛の胸と、暗い色の乳首を見た。「なぜピアスは片方だけなんだ?」

「君のやったことを両方の乳首でやられたら、もうベッドから出られなくなるから」

笑わざるを得なかった。ダニエルはにやりとした。カーティスは自分のハンカチを使ってできる限り相手の体をきれいに拭き、服を整え、体を持ち上げて近くへ引き寄せ、二人の上に重くごわごわした毛布をかけた。

「僕も――」ダニエルが言いかけた。

「いい、このままで」ダニエルには借りがあった。それに、一晩中体を抱いていられることなどもう二度とないだろう。二日前はもう会えなくなると思っていた。昨夜は生きていることがわかって、情けなくなるほど嬉しかった。今は、もうすぐこれが終わってしまうと思うと、耐え難かった。温かさと安心感と親密さを抱きかかえた。

ダニエルの指がカーティスの脚に沿って動いた。「教えて、あの洞窟からどうやって僕を運んだ?」

「抱きかかえて運んだ。なぜ訊く?」

「膝を怪我しているのに、と思って」ダニエルは体を上げた。「まさか、カーティス。僕はてっきり自転車かカートか、あるいは原住民の担ぎ手でも見つけたのかと思っていた。大丈夫なのか?」

「まったく問題ない。ジェイコブスダール以来、一番調子がいいくらいだ。本当だって」ダニエルが体をひねって信じられないという顔を向けたので、強調した。「医者たちは何ヵ月もの間、何ら長期的なダメージはない、痛むはずはない、運動した方がいいと言い続けていた。それは正しかったのかも。実は、ここに来てからずっと調子はいい。ここでの滞在は安静療法とは呼び難いが、同じような効果があったらしい」

「本当に？」ダニエルはまた体を持たせかけた。「ふーむ」

「何だ？」

「ウィーンで会った男が新進気鋭の若い医者で、そういう事例に関して面白い説を唱えていた。彼なら君の心が痛みを作り上げ、それを取り去ったのも心である、と言うだろう」

「何？　どういう意味だ？」

「無意識の心、この意味はわかるよね、それが体に影響するのだという考え方だ。例えば、君がもう兵士として戦えないことに罪の意識を感じて、それが体に傷があるように感じさせ、ありもしない痛みを創造することでもう戦場に行かないことを正当化した。今回の時ならぬ活躍で、もう自分に傷があると思い込まなくてもいいということになり、痛みを取り去った。というような理論だ」

「完全なるデタラメだ。なぜ自分で自分にそんなことをする必要がある？」

「無意識、というところがポイントだ。そうだ、よく言われるアフリカの魔術、呪いにかけられた不幸な人間が次第に弱っていくという。あれは本当にあることとか？」

「ある。伯父が何度か目撃した」

「それは本当に魔術なのか？」

「いや、もちろん違う。被害者たちは自分が死んでしまうと信じ込んで、死んでいくんだ」

「まさに。無意識が体に影響を与える。同じことじゃないか？」

「でも、あれは現地の迷信だ」カーティスは抗議した。「私は教育を受けた英国人だ」

「今や膝が痛まない英国人」

「そうだが……いや、そんなことはあり得ない」

ダニエルは肩をすくめた。「本当のところはわからない。新しい学説だが、かなり優秀な男だった。実を言うと、僕が彼に会いに行ったのは、地下に対する恐怖についての相談だった。他の恐怖症の治療に効果を上げているというので行ったのだが、僕の場合は僕のホモセクシュアリティに関連すると言われたから、まぁ結局自分で判断しろってことだ」

カーティスは瞬きした。「君の……？」

「ホモセクシュアリティ。性的倒錯。同性に惹かれるということさ。クラフト＝エビングを読むんだな」

カーティスはそれが何なのだかまったくわからなかったが、どちらかというとあまり知りたくなかった。論点に戻った。

「その男は君が倒錯しているから、洞窟が怖いんだ、と言ったのか？」

「ああ、それが彼の説だった」

カーティスはそのハッタリに論理的矛盾を見つけるのに苦労しなかった。「それはまったく根拠薄弱だ。だって私は怖くなど――」言葉に詰まった。

数秒の電気的な静寂が場を覆ったが、ダニエルがいつもの軽い口調で言った。「検証すべき仮説、というわけだ。何度男をイカせたら、地下室が怖くなるのか？　ぜひこの説を確かめて欲しい」わざとらしく目を瞬かせた。

「君はいつもナンセンスな話をするな」カーティスは感謝をしながらダニエルの指に軽く触れた。

「僕のせいじゃない、あのウィーンの医者のせいさ」ダニエルは少し間を置いた。「でも彼は色々と面白い理論を唱えていた。恐怖とセックスの間に来るものが何か、知っているか？」

例によってまたよくわからないモダンな理論の一つのように思えた。カーティスは用心しながら尋ねた。「何？」

「ファンフさ」

「、、、
恐怖（フィア）（四）とセクス（六）間はファンフ（五）、それはイートン校でドイツ語を習い始めた頃に何度も聞いたくだらない学生の冗談だった。今ダニエルの口から出ることをまったく予期していなかったし、その唐突さとあまりに簡単にしてやられたことに、カーティスは腹を抱えて笑った。寄り添うようにして、ダニエルも体を震わせて笑い、カーティスはその体を抱えながら涙が出るまで笑い続けた。世界から隔絶されたこの小さな安全な場所で、ジェイコブスダール以来、初めての、心の底からの笑いだった。

第十三章

笑いの発作が収まると二人は静かに座ってウイスキーを分け合った。ダニエルはフラスクから一口飲むとカーティスに渡した。「眠るか？」

「私が見ている。君が休め」カーティスは言った。

「一日中寝ていたから大丈夫、何かあったら僕が起こす。何かありそうか？」

「大丈夫だと思う。サー・モーリスは、応援は早朝に到着すると言っていた。私は朝屋敷に戻って、何もなかったかのようにしていることになると思う」

「よかった。重要なのは、正体を見破られたことに気づかれて、証拠隠滅をさせないことだ。ヴェイジーは誰が何をしていたかを正確に知りたがるから、そのためにファイルは必須だ」

「そのことだが――」カーティスは気が進まないながら切り出した。

「わかってる。確かに、例の写真を抜き取ることはできていないので、やらないといけない。

今夜これからは――」

「それは論外だ」

「ならば、明日なんとかするしかない。僕に任せてもらえないか」ダニエルはためらうように間を置いた。「最悪の事態は、アームストロングがあれをヴェイジーか、その部下を介して彼に渡す、というものだ。彼がどう思おうと、部下たちの口はふさぐだろうし、それ以上秘密は漏れない。すべて抹消される」

「そもそも伯父の手に渡って欲しくない」それは情況をかなり控えめに表現した言葉だった。モーリス卿は冷たく厳格な気性の持ち主で、カーティスは自分が五十になっても伯父の前では小学生のように縮こまってしまうだろうと思うほど強烈な個性の持ち主だ。それに加えて、モーリス卿とヘンリー卿の二人はカーティスの家族であり、親と呼ぶのに最も近い存在だった。二人に知られてはならなかった。ここでダニエルと共に横たわっていることはあまりにも自然で心地よく、一つも悪いことをしているとは感じなかったが、二人の伯父にこのことを理解してもらう努力をするつもりはまったくなかったし、二人を落胆させることは絶対にできなかった。

「そうだな」ダニエルが言った。「まずそれを避けるように努力しよう。でも、もしそういうことになってしまったら、僕に話をさせてくれ。君はその時の状況に強いられたと説明するし――」

「ダメだ」カーティスの語気は強かった。

「ならば、あれはポーズだったと説明する。何とかごまかすよ。僕に任せてくれないか？」

「君に責任を押しつけるような真似はしたくない」

「責任をとるとは言っていない。本当に責任のあるアームストロング家に押しつける。暴力沙汰は経験豊かな君に任せるよ、僕のバイキング。卑劣な悪知恵の類いは僕に任せてもらえないかな」

「君の、何だって？」カーティスは訊いた。

ダニエルは体を横にずらすとカーティスの胸に手をあて、ボタンの間に指を一本突っ込んで胸の剛毛を弄んだ。「バイキング」そう応えた。「巨大で、筋骨隆々で、凶暴な――」

「神よ、その話はもう終わりだと言ったろ」

ダニエルの瞳は星のように濡れた光を放ち、重い瞼の下から見上げていた。「偉大で力強い獣のような男、レイプと略奪を繰り返し――」

「勘弁してくれ！」カーティスは半笑いで、どちらかというと吃驚して叫んだ。「君が詩人だなんて信じられない」ふと考えた。「そうなんだろう？　あの詩を書いたのは君なんだろう？ふりをしていたわけではないんだろう？」

「もちろん、僕が書いたさぁ」不満げに応えた口調には明らかにイーストエンド訛りが混じっていた。「グラッドストーン首相が書いたとでも思うのか？」

カーティスは堅い鎧の裂け目が見えたことに魅了されて、ニヤニヤしながら見下ろした。「他の誰かが書いたとは信じられないよ。あれはまるで君そのものだ」ダニエルは尋ねかけるように眉をきゅっと上げた。「理解不能で」カーティスは続けた。「自信に満ちていて、裏に色々なものを隠している。それから、どちらかというと——美しい」

ダニエルの口が開いた。一瞬そのままでいたが、すぐに体を上げて座り直し、カーティスの方に顔を向け両手でその顎を摑むと、引き寄せてキスをした。

その口は柔らかく優しく、舌がカーティスの唇に触れ、驚愕と衝撃で動けなかったカーティスも、恐る恐るだが舌を動かし、その味に酔い、ずっと欲しかった、ようやく赦された自由を堪能した。最初のひとときは優しかったが、やがてダニエルが合わせた口に何か囁くのを感じて、どちらからともなくキスは激しくなっていった。カーティスはダニエルの両手が自分の肩にかかるのを感じ、細身の相手の背中に両手を回すと、急激な欲求に突き動かされて、その体をさらに引き寄せた。今やダニエルはすっぽりと腕の中にいて、体を密着させ、あまりの激しいキスに、相手の歯が自分の唇にあたるのを感じた。その口は熱く必死で、手はカーティスの髪を摑んで、カーティスはもう考えるのを放棄して、肌にあたるわずかな無精髭と、苦しいほどの飢餓感で自分を求める口と、カーティスの中に入り込もうとするかのように強く押しつけられたしなやかな体の感覚に集中した。

キスはやがてその性急さを失ったが、内奥する欲求はもはや堪えきれないほどに膨らんでいた。カーティスはダニエルの髪と顔を撫ぜ、柔らかい肌に傷跡の荒い皮膚で触れることのないように気をつけながら、上着の下に手を入れた。ダニエルはカーティスのシャツのボタンを外していて、布が剝がされると夜の冷たい空気を感じた。二人は互いの唇を完全に離すことなく邪魔な衣類を取り除くことに成功し、やがて胸と胸、口と口を重ね、お互いにしがみついていた。

カーティスはダニエルを見るために体を押し戻した。顎はうっすらと生えた髭で濃くなって、髪は乱れ、薄暗い部屋の中であの魅惑的な乳首のリングが月に光る中、ダニエルは目を見張るようにしてカーティスを眺めていた。

「すごい」ダニエルは指先で分厚い胸筋に触り、力強い腹筋から傷ついていない腕の方へなぞって、広い肩に戻った。「まさにバイキングだ」

「それじゃ君は?」

「ヨーロッパの間違った側」

ダニエルの指がカーティスの乳首をかすった。あまり好きではない感覚のように思えて体を硬くすると、いつもの素早い理解を示して、ダニエルは指を引っ込めた。その代わり手は下へ這って行き、カーティスはズボンのボタンが外れるのを感じた。同じようにダニエルのウェストバンドに手をやって片手でボタンを外すべく格闘していると、ダニエルが前に乗り出して再び口を求めた。二人は再びきついキスの体勢に入り、前後に揺れながら、カーティスの大きな手が二人の分身を同時に包んだ。ダニエルは唸り声を上げて後ろに倒れると共にカーティスを自分の上に引き寄せて、今や二人は乱雑に広げられた毛布の上に、まだ半分衣服をつけたまま、お互いの性急さをぶつけ合っていた。ダニエルは手の中で硬く熱く、口の中で喘ぎ、我を忘れてもだえ、カーティスはただひたすら、組み敷いている滑らかな体と、自分に押当てられた口とうごめく唇の温かさだけを感じていた。達した時、カーティスはダニエルにキスしていた。

絶頂の最後の震えと共に前後に体を揺らしながら、濡れて滑る手でダニエルの体を離さずにいた。ダニエルはまだ時間がかかっていて、息を整えたカーティスは手を動かすのを止めることなく、体の位置を入れ替え、乳首に口づけすると、ダニエルが悲鳴としか言えない声を上げた。これもいいが、これだけでは足りない、もっと欲しい。何日も前にするべきだったことをして、ダニエルをバラバラに溶かしたかった。カーティスは勇気を出して下に向かった。

おずおずとそこを舐めると、ダニエルが喘いだ。「カーティス」滑らかで濡れていて、ムスクのような味がした――これがたぶん精液の味なのだ。ぬるぬるしていて、予想したより渋かったが、不快ではなかった。どうすればよいかよくわからないまま口に含んだが、ダニエルの震える硬直に自信を深めた。

「無理はする、な――」

「やりたいんだ」カーティスはもごもごと言い、ダニエルがやってくれたように、上下に動いた。

「最高だ」ダニエルの腰がけいれんした。「ファック。カーティス――」

カーティスは口を外した。「アーチーだ」

「アーチー」それはほとんど敬虔な呼びかけだった。

カーティスはダニエルの味と口の中でのその形と、絞り出されるすばらしい声と音に集中した。吸い舐めるうちに、自分が再び昂ってくるのを感じた。カーティスはずっと、この行為自体は相手に対する奉仕でしかなく、不快なものなのだろうと信じてきた。相手に快楽を与えること、その痙攣やもだえる様や喘ぎ声を聞くのが、その原因となることが、こんなに幸福なことだとは、今まで想像したこともなかった。男を口でイカせることとダニエルを愛することとはまったく違うということを、理解していなかった。

手が髪の毛を摑んだ。「どいて」ダニエルが差し迫った様子で言った。

カーティスは、次回はそうしないと誓いながらもその警告に従い、ダニエルのモノから口を離したが、再度その先を軽く舐め、滑らかな亀頭をなぞって、はじける寸前の数滴を味わった。

「アーチー」ダニエルが囁き、カーティスの手の中で痙攣した。

「ダニエル。いいんだ、ほら、今だ」カーティスはまるで自分が絶頂に達したかのように、白濁がダニエルの肌に溢れ出るのを、息を呑んで眺めた。口の中でダニエルの味がした。

ダニエルは荒い息のまま横たわっていた。カーティスは唇を舐めると、ウイスキーに手を伸ばした。

「飲んだ方がいい。あ……今までに経験は？」ダニエルが言った。

「ない」経験不足をなぜか恥ずかしく思ったが、ばかげたことだった。実際、男どうしの行為でもする方とされる方がいて、カーティスはいつでもされる側だった。カーティスが自ら、それも口で行うことを期待されたことはなかったし、自分でもやったことはなかった。やろうと思ったこともなかった。それは自分らしくなかったのだ。

ふと考え込んだが、ダニエルが驚きの混じった微笑みで見ていると思ったら、カーティスはいつの間にかすべてを忘れさせるような深いキスに巻き込まれて、舌と口の動き以外、何も考えられなくなっていた。ダニエルはカーティスの口の中の自分の味に抵抗はないようだった。

息ができないくらいのひとときの後、ダニエルが手を離した。「今のは、光栄だ、という意味だ」

「何？　そんな、ナンセンスだ」カーティスはだいぶ汚れてしまったハンカチを掴むと、二人をきれいにしようとした。

ダニエルが手を振った。「もとから汚れているんだ。気にしないで」

二人は何とか再び心地よい体勢になると、硬い床板の上で、がさがさしてかび臭い毛布の下に潜り込んだ。カーティスはダニエルの無精髭の生えた顎の線を手でなぞり、キスをした。できるから、した。

「私が今まで参加した別荘パーティー中でも一番奇妙だ」

ダニエルが笑い、カーティスの胸に鼻をすり寄せた。「いいところもあったな」

カーティスは暗い色の頭を見下ろし、筋肉をなぞる指を感じながら、何も考えずに尋ねた。

「君を訪ねてもいいかな?」

ダニエルの指が止まった。「え?」

「ロンドンで。この一件が終わったら。君を訪ねてもいいか?」

「訪ねる?」

信じられないという声だった。カーティスは顔が赤くなるのを感じた。「どういう言い方をしていいかわからない」

「あ」ダニエルが目に見えて緊張を緩めた。「ファックしに訪ねてきたい、ということであれば――」

「違う」カーティスは強く言い、そして付け加えた。「いや、それもそうだ。君がいいのなら。でも、私が言ったのはそういう意味ではない」

「じゃ一体、どういう意味?」ダニエルはごく当たり前のひとことにまるで意味がないかのように、眉をひそめた。

「どう言っていいかわからない。男どうしではどうやったらいいんだか。例えば私がきちんとしたご婦人を好きになったならば、訪ねていいか許可を――」

「僕はご婦人ではない。女性だったとしても、きちんとしたご婦人(レディ)では決してない」

カーティスはため息をついた。「神さま、どうか助けてくれ」

「君がどうしたいのかわからない」

いったい二人の間のあの以心伝心はどこへ行ってしまったのか？「私からすると、かなり直截な話なんだが」

「残念なことに、君は時おり直接的過ぎて、何を言っているのかまったくわからない時がある」

ダニエルの口調があまりに滑らかで礼儀正しかったので、カーティスは〈ごめん、もういい〉と言って退却しかけた。覚悟をして、完璧なまでにバカになるかもしれない可能性に備えた。先の先まで考えたわけではなかったが、自分の言葉が真実であることはわかっていた。

「私が言ったのは、また君に会いたいということだ。君と一緒に時間を過ごしたい。もちろん、これも――」重なり合った二人の体を指差した。「でも、それ以上のものだ。クソ、ダニエル、君と一緒にいたいんだ。君は勇敢で、頭がよくて、素晴らしい人だし、私は君の詩さえ好きなんだ――」

「ストップ！」それはほとんど叫びのようだった。「ストップ、ダメだ、やめろ」

カーティスは下を見た。ダニエルは脅えた瞳で見上げて、肩が上がっていた。

「いったい何が――」

「そういう話はするな」

「なぜだ？」

ダニエルは目を閉じた。「なぜならそれは紳士がやることで、僕は――紳士ではないからだ。天使が歌うみたいにファックを愉しむのならいい、僕も楽しみだ。でも、それ以上は――。わかるだろ？」

「わからない」

ダニエルは目を開けるとカーティスを睨んだ。「僕の父はスピタフィールドの鍵師だ。僕が育ったのは父の店と叔父のビリヤード場で、そこは母が胸の開いたドレスで仕切っているような場所だ。別の叔父が格の高めの音楽ホールでシェークスピアを朗読していたので、それを真似して上流の英語を身につけた。さらに別の叔父が高級品をコピーするのが得意な仕立て屋だから、いい服を着ているように見えるが、本物ではない。僕はバカみたいな大家族の中で唯一大学に行った。君とは階級がまったく違う」

「それがどう関係してくる？」

「すべてにだ」

カーティスはどう応えればいいかわからなかった。「私が言っているのは、君を……例えば女性だったとしたら、愛人のような扱いはしたくないってことだ」カーティスは手を伸ばして相手に触れた。ダニエルは、避けはしなかったが、反応もしなかった。「もしロンドンで私に会いたくないのだったら、どうかそう言ってくれ。迷惑はかけたくない」

「そうじゃない」ダニエルは大きくため息をついた。「ああ、困った。聞いてくれ、カーティス」

「アーチーと呼んでくれ」

「今週はひどい一週間だったし、君は結論を急ぎ過ぎている。ロンドンに戻ったら、ここでの出来事はきっとすべて悪夢か常軌を逸したことのように思えるだろう。いい考えだとはきっと思わない」

「ダニエル——」

「まだ話し終わってない」

「わかったよ」

ダニエルは口端でわずかに笑顔を見せた。「とどのつまり、君は紳士なんだ。本当の意味での紳士だ。ここで言ったことに縛られて欲しくないし、言ってはいけないことだったと思って僕を嫌って欲しくない。君を追い込みたくない。君が後でどう思っても僕は気にしない」

カーティスは語気を強めて言った。「私は君の公爵ではない」

「公爵の息子だ」

「何の息子だか——」カーティスは当人が死んでいることを思い出して自分を止めた。「何にせよ、私がそんな卑劣な行いをするとは思うな」

「僕は君に紳士らしくして欲しくないんだ。本当はするべきではなかった約束を守るようなことはして欲しくない。君は常に自分の言葉に責任を持って生きてきただろう？」

「ああ、意見を変えたことすらほとんどない」

「つい最近、何が欲しいのかということについては意見を変えたようだけど」ダニエルが指摘した。「もう一度、変えたくなるかもしれない」

それは私の問題だ、カーティスはそう言いたかったが、もしダニエルが自分の考えることを気にしているのなら、もはや自分だけの問題ではなかった。いったん近づいた後ではね除けられるのを恐れているのだとしたら。

「君は私が一緒だった最初の男ではない」唐突に言った。「以前から色々とあった。同じように感じられる女性に会ったことは一度もない。クソ、自分と同じ階級の女性にキスしたことさえない」

ダニエルは瞬きした。「うそだろ」

本当だった。商売女となら何度か不満足な経験があったが、何か真剣なものになりそうな関係を女性と築きたいとは、今まで思ったことがなかった。伯父たちには、理想の女性に出会えるのを待っている、と伝えていたが、待っていることにまったく問題はなく、結婚自体、自分の残りの人生と同様に無味乾燥に思え、楽しいこととは感じられなかった。「自分に関する意見を変えたわけではない。今まで、きちんと理解をしていなかった、それだけだ。軍隊ではそんな必要はなかった」間を置くと、自分で思ったよりも口が重く感じられたが、続けた。「私にはいたんだ。部下で、中尉だった」

「君の恋人だったのか?」

「えっと、なんと言ったらいいか……」ジョージ・フィッシャーを表すのに、それはあまりにかけ離れていた。日焼けした赤毛の男で、同僚で、戦友だった。「私のテント仲間だった。時々やったんだ、わかるだろう、そういうことを」

「名詞と動詞を使ってもらってもいいか? 何があったかは変わらないし、話すことに慣れるかもしれない」ダニエルは同情していなくもないようだったが、乾いた口調だった。「僕は君に私的なことについて話して欲しいわけではない。だけど話すのなら、ちゃんと言葉を使ってくれ」

カーティスは歯を食いしばった。「よし、わかったよ。時々お互いでお互いを慰め合ったが、そういうことについて話し合ったことはなかったし、ただやっていただけだ。無口な奴だったし、ボーア人相手で忙しかったから、あまり深く考えたこともなかった」カーティスはフィッシャーにキスをしたことはなかったし、そうしたいと思ったこともなかった。フィッシャーはそうして欲しいと思ったことがあったのだろうか。「でも彼は私の仲間で、友人で、私が渡したラファイエットの銃が暴発した時に死んだ。私が見ている前で、失血して――」喉に何かがひっかかって、話すのを止めた。

ダニエルの手がカーティスの右手、傷の上を包んだ。「すまなかった」ダニエルは他に何も言わず、カーティスは苦しい肺から少しずつ呼気を出した。

「何にせよ。南アフリカではそうだった。その後で何か問題になったことはない。昨年来、私は……」生ける屍だった、と言いかけて死にかけたダニエルに悪いと思って言い直した。「ひどく疲れていた。誰かあるいは何かを求めたりすることは長いことなかった。でも、昔も今も、欲求があった時、相手は常に男だった。そこは変わらない。君は私が大バカだと思うだろうな」

「そうは思わない」ダニエルは鼻梁を揉んだ。「どうすればいいんだか。よろしい。一つ約束をしてくれ」

何でも、カーティスはほとんどそう口に出しかけた。「どうして欲しい？」

「ロンドンに戻ってから、そうだな、二週間は連絡をして来ないと約束して欲しい。考えると約束してくれ、下半身ではなく、ちゃんと何を求めているかを。今週君が言ったことが君を縛るようなことがない、と約束して欲しい。例えばもしマートン嬢か、あるいは素敵なご婦人に結婚を申し込みたいと思ったら、またはこういう関係になるのなら同じ階級の紳士との方がいいと思ったら、僕がどう考えるかなんて気にせず、義務感など感じず、君が思うように進んで欲しい」

「ダニエル――」

ダニエルは脇にぐるりと回って体を起こすと、大きな黒い瞳でカーティスを見た。「約束してくれ。その上でもしまだ——考えが変わらなかったら、その時は話そう。君がきちんと考えた上でそうしたいのなら、話に応じるし、そうじゃないなら、友人どうしとして別れよう。わかったか？」

「君が言いたいのは、君のことは気にせずに自分の思うようにしろということか」

「僕のことを思うのなら、そうしてくれ」ダニエルが返した。「僕は大抵のことに耐えられるが、重荷になるのだけは耐えられない」

「洞窟もね」

「そう、洞窟も。僕は真面目に言ってるんだぞ」

カーティスは考えた。密着しているダニエルの体の緊張が伝わってきた。

いったいダニエルに何を求めているのかはわからなかったが、側にいるべきだとだけ感じていた。軍隊を離れた後の人生は目的もなく、未来もなく、ただ先細りしていくだけのように感じていたのに、今、未来に何が待っているかは依然としてわからなかったが、空虚さは消えていた。今週のカーティスは再び戦い、愛し、命を奪って命を救った。それはすべて隣に座る男に集約されていた。

もちろん二人の階級の違いに関するダニエルの意見は正しかった。でもこの一年半、クラブやスポーツの催しやハウスパーティーを巡って過ごしてきたが、それは自分の人生で最も無意味な時間だった。社交界の存在意義は認めるものの、カーティスが求めていたのは仲間だ。それだけではない、カーティスが求めているのはダニエルで、その滑らかな肌とよく動く舌を欲していた。堅く冷たい防御の壁を突き破って、その中の柔らかいものを守りたかった。育ち始めた絆を欲するあまり、失うことを考えるだけで震えが走った。

カーティスはロンドンだろうとどこだろうと、この関係が続けられるのかどうかはわからなかったが、止める理由にはならなかった。計画するのは将軍たちの仕事だ。カーティスのやり方は常に当たって砕けろで、今回も一歩一歩進むだけだ。

魅入られたように胸毛をじっと見ているダニエルを見下ろした。「よし、わかった。君は良心の呵責を感じてるんだ」恐れも、と思ったが、それを指摘して毒蛇をつつきだすような真似はもちろんしなかった。「約束するよ。一週間考える、義務も感じない、君の言う通りにする。ただし、条件がある」

「何？」疲れたようにダニエルが尋ねた。

「君の制定した規約に則ることを前提に……」カーティスは首を傾けてやさしくキスをした。

「君を訪ねてもいいか？」

「カーティス、このバッカ野郎！」それはイーストエンド訛り全開の叫びだった。カーティスはニヤニヤ笑いを抑えられなかった。ダニエルは目を細め、落ち着きと共に上流アクセントを取り戻した。「もし君が〝私のために身に付けてくれ〟とカード付きで花束を贈ってきたりしたら、殴るからな」

ちゃんとした応えではなく、遠回しな言い方ではあるものの、ダニエルの返答だった。カーティスはもう一度、今度はもう少し強く、キスをした。「さっき君は私が求めているものについて話した。今度は君が何をして欲しいのか、知りたい。君を訪ねてもいいか？」

「わかったよ、いいよ。どうしてもと言うのなら」

カーティスは黒い髪を一房掴むと、引っ張った。「それは私にそうして欲しいという意味か？」

ダニエルは苦い顔をして睨んだ。「くたばっちまえ、このいばりんぼのデカいだけ野郎」

カーティスは満足して仰向けになり、ダニエルを抱き寄せた。胸にかすかに唇が触れるのを感じた。

「少し眠ろう」ダニエルが言葉通りに欠伸をした。「もう遅い。朝何時に戻る？」

「戻らない」もちろん戻らなければならないし、そのつもりだったが、ダニエルを守らなければならないし、一人でできることには限界があった。「すぐに騎兵隊が来てくれる。私は君の側にいる」

ダニエルは口角を上げ、猫のようにカーティスの胸に頭をなすりつけた。「本当に、少しは休まないと」

カーティスも同感だった。たぶん既に三時を過ぎているだろう。実際、一日で憔悴していた。ダニエルの肩に腕を回すと、心を落ち着かせ、眠りに落ちた。

第十四章

「起きろ。起きろ、い、い」

カーティスは瞬きをして意識を取り戻した。秋の夜明けの灰色がかった黄色の光が差していたので、七時過ぎだと思われた。硬い床に寝た背中は硬直しきり、口の中は乾いて舌垢が不快で、寝汗で冷たい衣類を感じながら、ダニエルに激しく体を揺さぶられていた。

「起きるんだ、このデカブツ」

「何?」

「囲まれてる」

カーティスは瞬時に立ち上がり、急な動きに頭がくらくらしたが、窓から狙われることがないように身を屈めて中腰になった。

ダニエルは側に跪き、薄明かりの中で目を見開いていた。「人が動いている。マーチを見た。ジェームス・アームストロングの声も聞こえた」

カーティスは自分のウェブリー銃を掴んで、長い訓練で身につけた速さで確認し、カートリッジをいくつかポケットの中に落とした。「パットがリボルバーを残していった。撃てるか？」

「撃てない」

クソ。「では、窓から離れていろ。扉は閉まっているか？」

「ああ」

少なくとも余計なおしゃべりはなかった。頷くと、カーティスはブーツを履いた。

中二階の部屋は塔の内側の床の半分ほどの面積で、円形の外壁に沿って階段部分を除いて回廊がぐるっと通り、全方向を見ることができた。身を低くしたまま、カーティスは建物の正面にたどり着いた。ダニエルは回廊の反対側に沿って這って来て、数フィート離れたところにいた。

「カーティス！」外から声がした。誰の声かを認識して、ダニエルを見ると、しかめっ面を見せた。「カーティス！」

腕を伸ばし、一番近くの窓の留め金を外すと、押し開いた。「サー・ヒューバート」相手を呼んだ。「おはようございます」

「すぐここに出てくるんだ」屋敷の主人は試すように叫んだ。「いったい何をしようとしている」

「わかりませんか？」踵をついて壁を背にうずくまった。「もう少し待つとわかると思うが」

「分別のある人間のようにここに降りてきて話し合えないか？」

地上階から扉を開こうとしているような音がした。

「ここからでも分別のある話し合いはできる」カーティスは言った。「何の話をしたい？」

「ホルトはどこだ？」荒々しい声でジェームス・アームストロングが遮った。「ホルトに何をした？」

ダニエルを見ると、相手は首を振った。

「ホルトがどこにいるかなんて知らない。なぜ知ってると思うんだ？」

「どこにいるか知っているはずだ！　そこにこそ泥のユダヤ野郎がいるんだろ、この汚い男色家が！」

ボロボロになるまで殴りつけてやろうと思っている以外にジェームス・アームストロングのことなど気にしていなかったが、その言葉は冷や水を浴びせられたような衝撃だった。ダニエルを見やると、その口が皮肉に「おっとー」と動くのを見て、他の何よりも気持ちが落ち着いた。

「ダ・シルヴァのことを言っているなら、そう、ここにいるさ。だから？」

「ホルトがどこにいるか言わないと、奴を殺してやる！」

カーティスは嬉しくもなかったが笑いを浮かべた。「まずはここまで来ないとな、この口だけの便所野郎」

「言葉使いに気をつけろ！」ヒューバート卿は呆れ果てているように聞こえた。

ダニエルが首を伸ばして窓の外を見た。「おー、アームストロング夫人があそこにいる」

「なんと、本当か。他には誰が？」

「マーチ。もう一人の召使い、プレストン。皆、例の大きな銃を持ってる、夫人以外は」

「もう片側を見てきてくれ」低い声で指示を出した。

ヒューバート卿が再び呼びかけてきた。「こんなことをしていても意味がない。君が恥をかいて終わるだけだぞ」

「それはどうかな」カーティスは窓の外を覗いているダニエルに眉を上げた。ダニエルは首を振り、他に誰も見えないことを伝えた。

サー・ヒューバート、ジェームス、マーチとプレストン。銃の数では四対一。しかし塔は石造りで、扉は新品のオーク材、かんぬきはしっかりしていて、こちらには視界の優位があった。応援部隊が来るまで持ちこたえることは可能だ。

ヒューバート卿は同情するような声を出した。「自分が呼んだ外務事務所の応援のことを言っているんだろうな」

「助けにきてくれると思っているのよ」アームストロング夫人の笑い混じりの声がした。

「僕らを助けに来てくれるのさ」ジェームスが鼻であざ笑うように付け加えた。

カーティスが見ると、ダニエルは暗い表情をして、奥歯を嚙み締めていた。

「いったい何の話だ？」カーティスが叫んだ。

「サー・モーリス・ヴェイジーの部下たちさ」ヒューバート卿が応えた。「君が怪我のことだと偽って伯父さんに電話をかけた時に呼んだ部隊だ。九時までには到着すると聞いたよ」

ダニエルが悪態を吐いた。「事務所に内通者がいるんだ。誰かが密告した」

「クソ」カーティスは静かに言い、声を上げた。「よかった。到着を待っているよ」

「本当にそうかな」ヒューバート卿の声は満足げだった。「応援が到着する頃には、もう何も残っていやいない。書類も、写真も、カメラもね。証拠はなくなっている」

「あら、一セットだけ写真が残っているわ」アームストロング夫人が甘い声で言い添えた。

ヒューバート卿が勝ち誇ったように笑った。カーティスはその先に来るものを予想して、冷や汗が噴き出るのを感じた。「そういうことだな、お前。君たち二人を監獄送りにできる写真が一セット。猥褻行為で二年だ。どうしたんだったかな。まずもちろんヴェイジー卿に一セット、自分の捜査官と甥がどんな関係かを見てもらわないといけないからな。それから、ヘンリーに一セット。気の毒に、がっかりするだろうな。もう一セットは警察用だ。四つ目は、金で沈黙が買えると思っている場合に備えて、新聞社に送るためだ。これはいわば保険だ。既に四セット共、とある住所に送ってある。きょうの午後に私が差し止めないと、それぞれの宛先に送られることになる」

「お前たちは終わりだ」ジェームスの声には復讐と勝利の響きがあった。

カーティスは目を閉じた。ダニエルを見ることができなかった。もう二度と、誰の姿も見たくなかった。

ヒューバート卿はまだ話を続けていた。「その他は今頃すべて燃やし終わっている。カメラは取り外された。もう何の証拠もない」

「正確にはそうではないんじゃないかな」ダニエルが叫んだ。「いったいどうやってその写真の存在を説明する？　それを使ったら最後、自分たちの有罪の証拠になる」

「ダ・シルヴァと私の証言もある」カーティスは何とか言った。声は自分を裏切ってかすれていた。「捜査されて堪えきれるのか？」

「捜査など行われない」ヒューバート卿は確信を持って言った。「なぜなら、君たち二人が全てを否定するからだ。ヴェイジーに全てが嘘で、たちの悪い冗談だった、ダ・シルヴァの私怨だったとでも言うんだ。私の名誉を守るために、話すべきことを話すんだ。なぜならもし誰かが私の秘密に首を突っ込んだら、その時はまず君たちの秘密が最初に暴露されるからだ。私を攻撃したら、お前たちを葬り去ってやる。わかったか？」

カーティスにはわかりすぎるほどわかった。呼吸をする努力で、肩が上下した。

「そんなことは糞食らえだ」何とか返した。「くたばれ、豚野郎。全てを話して、監獄からだろうとお前が吊るされるのを眺めてやる」

「いったい何の罪で？」ヒューバート卿は高笑いし、その太くこもった笑い声にカーティスは固く拳を握った。「ジェイコブスダールだと？　何も証明などできやしない、ラファイエットだってそうだった」

「ホルトの証言がある。ホルトが全てを認めた」

「彼は証言台に立つことはできるのかな？」

「それは無理だな」ダニエルが叫んだ。

カーティスは衝撃を受けてダニエルを見た。ジェームス・アームストロングが悪態を吐いた。

「ホルトはどこだ？」吠えるように言った。「いったい何をした？」

「ラファイエットの部下たちと一緒さ。他にどこがある？」

ジェームスが低いののしり言葉を発すると同時に、ダニエルとカーティスは顔をかばって床に伏せ、二人の間の窓ガラスがごなごなになって辺りに散った。銃声の耳鳴りと共に、ヒューバート卿の激しい譴責が聞こえた。

「怒りっぽいな」ダニエルが叫んだ。

「いったい何をやってる？」カーティスは囁いた。ダニエルは手を振って、黙っているように伝えた。

「お前たちホルトを殺したのか」ヒューバート卿が言った。「お前なのか、カーティス？　同窓のボクサーを？」

「チンポ野郎（プリック）さ」ダニエルが言った。

「あいつに責められて叫び声を上げてたくせに、このクソ南方野郎（ダゴ）」ジェームスは吠えた。

ダニエルは狐のようににやりとした。「チンポ(ブリック)にはよく叫ばされるよ」

今度は連続射撃だった。ジェームスは意味不明の雄叫びを上げながら、連射ライフルを装飾塔の窓に向かって撃ち尽くした。床に伏せたカーティスは、腕で頭をかばい、ガラスの破片が顔にあたらないように目を細め、ダニエルも同じようにしていることを願った。

やがて、割れたガラスの破片の落ちる音が聞こえなくなり、銃撃の残響音も消えた。耳鳴りが止むと、窓の外から低い声の言い争いが聞こえてきた。

「いったい何をやってる？」床に丸まった防御姿勢を解いたダニエルに訊いた。「どうする？　奴らを逃がすわけには行かない。いったいどうするんだ？」

「君の銃の腕前は？」顎で左手を示してダニエルが訊いた。

「いい」

「それはよかった」

「な――？」

ダニエルは壁を背に座り、叫んだ。「おい！」外の声が静かになった。

「何がしたい？」ヒューバート卿が呼んだ。

「分別のある会話を。この幕間は大変興味深く楽しかったが、あと二時間かそこらで僕の同僚が大量に到着する」この言葉に囁きが起きた。ヒューバート卿は応え始めたが、ダニエルはすぐに遮った。「ハッタリなんかじゃない、太っちょのおバカさん。僕にはハッタリの材料すらない。ただ監獄に行きたくないだけだ。カーティスにも捕まって欲しくない。なので、僕らがしなければならないのは――ああ、もういい。これから出て行く」

「何だって?」そこにいたほぼ全員が言った。

「出て行く、と言ったんだ。扉から、三十秒ほどで。その時間を使って、もしヴェイジーが来て、僕の弾丸だらけの死体を見つけたらどう思うか、よく考えてみろ。もし僕を殺したら、他に何をやっていてもいなくても、殺人罪で吊るされることになる。わかったか?」

「ホルトは――」ジェームスが怒りに任せて言いかけた。

「ホルトは死んだ。君は生きてる。分別を持った大人どうしで話せば、全員無傷で切り抜けられるかもしれない」

「ダニエル」カーティスはダニエルがガラスの破片を避けて階段に向かうところに小声で言った。「いったい何をやっているんだ?」

ダニエルは振り向いてカーティスを見た。「僕を信じてくれ。昨夜――の名にかけてだ、僕のバイキング。僕を撃とうとする人間を止めることができればそれも素敵だ。でも、アーチー、頼むから、今は僕を信じてくれ。そしてもしこれが上手く行かなかったら――」軽くゆがんだ笑顔を見せると、カーティスはその奥に隠れた恐れを見た。「楽しかったよ」

「ダメだ。行くな」カーティスは手を伸ばしたが、散らばった窓ガラスの残骸に阻まれて、引き止めるには間に合わない距離だった。ダニエルは首を振ると急ぎ足で階下に降りた。「ダニエル!」

「窓に行って」下からダニエルが叫んだ。

「クソ!」カーティスは窓に舞い戻って、地上の状況が見える場所に身を置いた。ウェブリー銃は狙撃ライフルの代わりにはならなかったが、階下の敵は十分近くにいて、狙った誰でも撃ち倒せる自信があった。

ダニエルは敵の至近距離まで近寄ろうとしている。

かんぬきを上げる音が聞こえると、不思議と運命的な平静が訪れた。地上の人間たちは皆不動のまま見つめていた。ジェームス・アームストロングは弾を撃ち尽くしたライフルを捨て、プレストンのショットガンを奪っていた。マーチのものと二丁の銃が、ダニエルが出て行った扉を狙っていた。ヒューバート卿は朝、雉を撃ちに出てきた紳士のごとく、ライフルを腕に抱えていた。

三人。カーティスは思った。三人なら撃てる。

ダニエルが数歩進み、カーティスの視界に踏み込んだ。真っ赤な顔で怒り狂ったジェームスが、銃底を振り回しながら前進した。ダニエルが驚いて後退すると、カーティスはジェームスの足元の地面に銃弾を撃ち込んだ。

「ちきしょう!」ジェームスがわめき、後ずさりした。

「弾はもっとあるぞ」カーティスは地上に呼びかけた。

「その通り」ダニエルが言った。「カーティスは腕がいい、それに怒っている。あまり挑発しない方がいい。それから忘れるな、僕を撃ったら死刑だ。ヴェイジーは捜査官が死ぬのは我慢できない」

ヒューバート卿は苦々しげに見ていた。「それで、どうしたい？」

「テーブルの上にカードをすべて出そう」ダニエルが言った。「あなたは既に証拠を隠滅し、カーティスを破滅させられる写真を持っている。でもそれを使ったら、僕らの言うことが正しいことの証明になる。両者手詰まり、ということだ。お互いに告発することなく相手を告発することはできない。そうだな」

ヒューバート卿は渋々頷いた。

「でもそれだけでは既に足りない」ダニエルは続けた。「ヴェイジーは脅迫の証拠を見つけるつもりでここに来る。カーティスが学生めいた冗談を演じていたなんてことも信じまい」

「それはお前たちの問題だ」ジェームスが怒りをこめて遮った。

「その通り」ヒューバート卿が応えた。

「どうしたいか言ってくれ」ダニエルは他の者を無視して、ヒューバート卿一人に向かって話していた。「ヴェイジー卿は僕の話には耳を貸す。僕が話せば、信じてもらえる。僕は事務所が何を知っているかも知っているし、誰か生け贄を差し出して、あなたは無害で切り抜けられる。ヴェイジーはまだラファイエットのこともジェイコブスダールのことも知らない。協力すれば、その件は表沙汰にしないで済ませられる」

カーティスは冷たい汗が背中を伝うのを感じた。左手はウェブリーを固定していたが、次第に高まる怒りが右手に集まるのを感じた。

〈アーチー、僕を信じてくれ〉

「お前は事務所を裏切るというのか？」ヒューバート卿が訊いた。

「もちろんさ」ジェームスが言った。「ホルトの言った通りだ。こういう連中の言うことは信用できない」

「事務所なんて知ったこっちゃない」ダニエルの声は低く棘があった。「ジェイコブスダールだろうと王だろうと、国など僕には関係ない。そんな理由がどこにある？　この国は僕のことなど気にもしていない。この仕事をしているのは金のため、それだけだ。僕は監獄には行きたくない、それはあなたも同じだ。安全は僕が保証する。でも、協力し合わないと無理だ」

「カーティスはどうする？」

ダニエルは不快な笑い声を上げた。「いい男だ、図体は立派だが、頭はあまりよくない。僕は彼の股間を持って操れる、心配するな」

ジェームスは怒りに火をくべたような憤怒の呻きを上げた。ダニエルは再び笑ってあのくねくねと気取ったしなを作った。「露骨過ぎたかな、すまない。もう遊びの時間は終わりだと思ったんだが。カーティスは、僕の言う通りにする」

カーティスはゆっくり平静な呼吸を保った。右手が震えていた。ウェブリーの銃身をほんの少し動かすだけで、ダニエルの頭を狙うこともできた。撃つことも。

〈信じて、信じて、信じて……〉

「では、そうしてくれ。他に何が知りたい？」ヒューバート卿が尋ねた。

「どうしたいか知りたい。誰を狼に与えるか。話し合おう」ダニエルはジェームスとアームストロング夫人の方向に頭を振った。「二人とも縛り上げるか、追放するか、それとも死んで欲しい？」

ヒューバート卿は七面鳥が鳴くような声を出した。「いったい何を——気でも違ったのか？」

「いやなんだ？」ダニエルは驚いたように言った。「二人を始末したくはないの？　これなら一石二鳥だと思ったんだけど」

「いったいどうして私が妻と息子を始末したいと思うんだ？」ヒューバート卿は暗褐色の顔色をしていた。

「なぜって、浮気してるからさ」

軽いが確信を持って放たれた一言は、氷の上に石が落ちるように響いた。ヒューバート卿はじっと立っていた。カーティスは勝ち誇ったような笑みが唇に浮かぶのを感じた。

「この素晴らしいバカ野郎が」そうつぶやくと、ウェブリーを構えた。

「たわごとを」ジェームスが言った。「よくもそんなことを。お父様、こんなクソに耳をかさないで」

アームストロング夫人は小さな怒りの喘ぎ声を上げた。「ヒューバート、まさかこの男に私を侮辱させたままにはしないわよね？」

「この嘘つきが」ヒューバート卿はダニエルに向かってショットガンを上げた。カーティスはウェブリーを構え、屋敷の主人に狙いを定めた。

「僕を撃ったら、死刑だ」ダニエルは再度言った。

「嘘なんだろう。認めろ！」

「わかった、わかった、わかったよ。全部僕の嘘」ダニエルはあざ笑うような、軽蔑するような口調だった。「もちろん奥方は脚の間で太った年寄りが必死になっているより、若くて旺盛な青年の方がいいだなんて思っちゃいない。もちろんジェームスはあなたを失望させるような真似は決してしないさ。これまでもそうだったよね？　そしてもちろん使用人たちは何も知らないさ」

ヒューバート卿は衝撃を受けたように頭を震わせた。プレストンは真っ直ぐ前を見つめていた。

「マーチ？」ヒューバート卿は言った。「これは――」

「ダーリン、もちろん本当ではないわ」アームストロング夫人が言った。「これは罠よ」

「マーチ？」

マーチは主人から目をそらした。口を開けては閉じ、ためらった。「サー……」

「彼のせいではないさ」ダニエルが言った。「だって本当はあなただってわかっていたはずじゃないのか？　参加できない徒歩での遠出。あなたが仕事で忙しい時の、ロンドンへの旅。あの洞窟への遠足――」

ジェームスの顔は紫色だった。「黙れこのクソッタレ南方野郎（ダゴ）！　黙れ！」

「そんなに言うなら」ダニエルはにやりとした。「でも一つだけ言っておくと。アームストロング……君の母上は娼婦だ」

「彼女をそんな風に呼ぶんじゃない！」ジェームスは叫んだ。相手をかばおうとしたその一言の中に、何よりも明白な裏切りの証拠が含まれていた。

「このくそったれ小僧が」ヒューバート卿は息子を睨んだ。

「お父様――」ジェームスは慌てて取り繕った。

「この恩知らずの身の程知らずの戯め」年配の男の声はしわがれていた。

「そうだ」ダニエルが言った。「マーティンの代わりに死んだのが彼だったら。そう思っていたのでは？」

ヒューバート卿の顔が全てを物語っていた。父と息子はじっと睨み合い、口を動かしていたが、何も話す言葉が見つからないようだった。

「ヒューバート、聞いてちょうだい」アームストロング夫人が必死に取りなした。「これは全部作り話よ」

「ホルトが全て語った」ダニエルが言った。「命乞いをして。きわどい細部まで話してくれたよ」ジェームスを見やった。「自慢をするなら、もっと信用できる相手を選ぶんだったな」

アームストロング夫人が白い歯で唇を噛み、ジェームスの方を睨みつけた。ヒューバート卿が悲痛な喘ぎ声を出した。ジェームスが怒りとイライラの咆哮を上げ、ダニエルにショットガンを突きつけた。

カーティスは眉間を撃った。

血しぶきと共に、ジェームスの頭が反動で後ろに反った。体が揺れ、崩れ落ちた。一秒の沈黙の後、アームストロング夫人とヒューバート卿が共に悲鳴を上げた。「いや！」

アームストロング夫人は地面に跪いて、少し上を向いた虚ろな青い瞳の遺体にすがった。「ジミー」すすり泣いていた。「ジミー、ダーリン？　ジミー！」

ヒューバート卿は銃を緩く持ち、口を開けたまま見つめていた。プレストンは後ずさりしていた。マーチはダニエルに銃を突きつけていたが、撃とうとする様子はなく、主人と女主人を交互に見やった。

「ジェームス」ヒューバート卿がかすれた声で呼んだ。つまずきそうになりながら、一歩進んだ。「ソフィー」

「近寄らないで」子犬をかばう雌犬のように、アームストロング夫人は遺体に覆い被さった。

顔はゆがんで涙にまみれていた。硬い声だった。「どこかへ行って、この老いぼれの年寄りの汚らしい豚！　私から離れて！」

「どちらかが話せば、ヴェイジーは恩赦も検討するだろう」ダニエルが言った。「もちろん、もう片方は死刑になる。どちらになる？」

ソフィー・アームストロングは悲嘆でゆがんだ顔を上げると、話し出すように口を開いた。一発の銃声がして、その胸から血が流れ出した。口を開き、呆けたように顔を上げた夫人は、突っ伏して倒れた。

「おお、サー」マーチが言った。

ヒューバート卿は銃を下ろし、死んだ息子の上に折り重なった妻の死体を眺めた。カーティスは窓から両手でウェブリーを構えて年配の男を狙った。男は虚ろな目をして、何か言おうとしているかのように口を動かしていた。ライフルを上げた。銃身が揺れた。そして、突然銃口を自分の方に向けて持ち換えると、口の中に突っ込み、引き金に指をかけた。ちょうど腕が届く長さだった。

カーティスは銃声に目を細めた。ヒューバート卿の頭蓋の残骸から目を背けて窓外を見ると、丘の上に何かが見えた。

「クソッタレ！」マーチが発砲しそうにないことを急いで確かめると、ガラスの破片を飛び越え、階段を三段ずつ飛び跳ねるように降りた。マーチが驚いて銃を使うようなことがないよう、塔の扉の前では歩みを緩めたが、使用人は主人の体の横に跪き、何かつぶやいていた。プレストンの姿はなかった。

「もう一人はどこへ？」周りの木を目で調べながら訊いた。

「消えた。武器は持っていないし、彼にも失うものがたくさんある」

カーティスはダニエルを見た。だぶだぶの衣類で髪を乱し、薄汚れて、無精髭がところどころ髭になって、朝の光に灰色の顔をしていた。

「ダニエル」静かに言った。

マーチが体を上げて二人を見た。カーティスはウェブリーを向けた。「銃を下ろせ。バカをするんじゃない、主人は死んだ」

マーチは何か言おうとしたが、ショットガンを下げた。

「銃を渡せ。ダニエル、それをとって。サー・モーリスがまもなく着く。少なくとも車を四台見た。あまり時間がない」

「お前たちは捕まる」ダニエルが注意深く銃を手からとると、マーチが憎々しく言った。「きっと暴かれる。この男色家が」

カーティスは何の警告もなく顎の下の急所にパンチを決め、男が倒れるのを見た。ダニエルの視線に肩をすくめた。「邪魔をされたくない。行こう」

ヒューバート卿がもう育つのを見ることのない、若い森を抜けると、カーティスが尋ねた。

「なぜわかった？」

「明白だったじゃないか。気がつかなかった？」

「推測で言ったというのか？」

「そうじゃない」ダニエルは言った。「いや、そうだ。僕は――クソ」道を逸れると前屈みになり、ぜいぜい咳き込みながら、水っぽい吐瀉物を吐いた。「クソ！　クソったらクソ」

カーティスはその体を摑むと、上下する細い肩に手を置いた。「もう大丈夫だ。君は安全だ」

「彼らは違う」ダニエルは震える手の甲で口を拭うとゆっくりと起き上がった。「畜生。僕は自分を平和主義者と呼んでいるのに。これでは虐殺だ」

「君がやったのではない」

「僕がそう仕向けた。全てだ。ジェームスだって、君が撃ったのは僕が――」

「どうあっても撃ったさ。言っただろ、奴のことは仕留めると」

ダニエルは考えた。「そうだったな。君は根っからの兵士だ。そんな風に目的に邁進する力が欲しいよ」

「あの豚野郎どもはジェイコブスダールで仲間を殺した。全員がサボタージュと、陥欠孔の死体のことを知っていた。三人とも地獄へ落ちて当然だ。今はとにかく屋敷へ戻ろう」

「そうだな」ダニエルは言って、その後で付け足した。「でも、僕らの負けだということはわかっているよね」

「まだ何かできることはあるかもしれない」

「もうダメだ。アームストロングが言ったのを聞いたろ。写真は既にどこかへ送られていて、僕が彼らを殺してしまったので、どこにあるのかもわからない。君を破滅に追い込んでしまった。すまない。さっきはいい考えのように思えたんだ」

カーティスはダニエルを掴むと自分に引き寄せた。ダニエルはうつむいて、目を見なかった。

「私を見るんだ。君のせいではない。君はできる限りのことをした」

「君の人生を破滅させた」

「違う」カーティスは誰に見られても構わない、腕を回して抱き締めた。そんなことはもうどうでもよかった。「破滅させるような人生は、そもそもなかった」

「監獄の部屋で、もう一度同じことを言ってみるといい」ダニエルが胸に向かってつぶやいた。

「そんなことにはならない。急いで国を出なければならなくなるかもしれないが、それだけだ」

ダニエルは顔をゆがめて濡れた瞳で上を見た。「それだけじゃない。君の家族。君の地位」

カーティスはやさしく、でもしっかりとキスをした。「君だって同じ思いをした。私にだってできる。罪の意識なんて、君らしくないぞ」

「罪はあるさ」ダニエルは体を離すと屋敷へと急いだ。「僕がめちゃくちゃにした。ヴェイジーは僕を殺すかも。それも当然だ」

「ナンセンス」

「僕はこの国を裏切っているのが誰かという証拠を無くし、説明をつけなければならない死体を三つ作り、甥を破滅させた。殺されるさ」

そういう言い方をすると、あり得ないことではなかった。「行こう」カーティスは館の前の石畳を歩きながら言った。「正面から向き合おう」

第十五章

正面の扉は開け放たれていた。誰もいない玄関の廊下で、ランブドンが頭にできた醜い傷から血を流し、意識を無くして倒れていた。

「いったい何が――」

「しーっ」カーティスは顔をしかめると辺りを見回し、図書室の扉へ向かった。

「私に任せろ」声を出さずに告げると、銃を上げて後ろで待っているように指示をした。

ダニエルが数歩後退した。カーティスは一呼吸すると、扉を肘で押し開いて中へ飛び込んだが、ホランド&ホランド社製のショットガンの銃口を顔に突きつけられて、動きを止めた。

「あら、あなたなの」パトリシア・マートンが言って、銃口を下げた。「ずいぶん遅かったわね」

カーティスは目を見張った。そして部屋の残り二人の人物を見た。召使いのウェスリーは跪き、顔を壁に向けて手を後ろに組んでいた。フェネッラ・カルースは扱い慣れた様子でコルト社の小さな婦人用リボルバーを構えていた。呆気にとられて見つめると、にこやかな笑顔が返ってきた。

横でダニエルがくぐもった声を上げ、書庫の扉を指差した。カーティスは散乱した書類と写真を認めた。

「あれが必要なんでしょう？」パットが頭で示して言った。「大丈夫よ、もし心配しているのだとしたら」

ダニエルが書庫に走った。カーティスはかろうじて言った。「どうして？」

「彼らが話しているのを聞いたの」パットが言った。

「よからぬ計画について」フェンが嬉しそうに付け加えた。

「今朝は家の中を走り回る音がして、やたらと騒がしかった。何かよくないことが起きているようだったので、アームストロング一家が出て行った後、ここに様子を見に来た。そうしたら、あの可愛らしい彼とおぞましいランブドンさんが火を熾していて、書庫から書類と写真を運び出していたから、あなたが言っていた悪事の証拠なんだろうと思ったわけ。そして、アーチーは応援が来る前にあれを燃やしてしまいたいわけがない、とも。だから、止めるようにお願いした」

「丁寧にね」フェンは銃を上げて言った。

「何か燃やされてしまったものはある？」ダニエルが書庫から叫んだ。

「いいえ、まだ火を熾し始めたばかりだった。全てここにあるはずよ。というか、ほとんど全て。フェン？」

フェンが後ろを向いて、ドレスの胴体から何かを取り出した。近づいてカーティスに封筒を渡した。

「これはあなたのものね。火がついていたら、燃やしてもよかった」

カーティスは中身を取り出すと一番上の写真を見た。自分と、ダニエル。露骨な写真にたじろいだ。写真を裏に向け、何を言っていいかわからなかった。

フェンは見上げると、一秒ほど真剣な眼差しでいたが、次の瞬間つま先立ちでカーティスの頬にキスをした。

「私たちのことを気にすることはないわ、アーチー。あなたにとっては厳しい情況かもしれない。でも、社会では驚くほどのことが見過ごされるのよ。人って、思っている以上に目が見えていないの。私たちがその証拠。そうよね、パット？」

パットが天を仰いで、呆れたような、愛情のこもった視線をフェンに向けた。カーティスは二人の女性を見比べた。突然、合点がいった。

フェンはちゃめっ気たっぷりに笑うと顔を近づけて囁いた。「あなたいい趣味をしているわ。言ったでしょ、ダ・シルヴァさんはものすごくハンサムだもの」

「フェネッラ・カルース！」パットが言った。「その人をからかうのはやめなさい」

「アーチー、君が持っているのは、僕がそうだと思っているものか？」書庫の扉からダニエルが尋ねた。

「ご婦人たちにお礼を」カーティスは弱々しく肩をすくめた。

ダニエルは一瞬カーティスを見たが、両腕を広げて、ドラマチックに跪いた。「マートンさん、カルースさん。どちらでも、片方でも。結婚してくれ」

「何てひどいプロポーズ」パットが言い、フェンが発作を起こしたように笑い始めた。「さぁ、立って、このおバカさん、玄関前で車の音が聞こえるわ」

カーティスはバッグのベルトを締めた。荷物は全て自分で詰め込んだ。屋敷は混乱しきっていたし、召使いに血のついた衣類はもちろん、あの写真を見られるわけには行かなかった。グラッドストーンバッグの底に隠されて、最初の機会に燃やすつもりだった。それまではバッグを片時も側から離すつもりはなかった。

壁の鏡とその後ろの穴の上には別の絵画を持ってきて立てかけてあった。二度と鏡を信じられる自信がなかった。

ヴェイジーの部下が八人、武器を携えてやってきて、恐るべき伯父本人が現れると、ダニエルはその忙しい活動に組み入れられ、他の誰もが完全に蚊帳の外に置かれた。アームストロング一家の遺体は、マーチと共に引き上げられた。マーチとウェスリーは黙秘していたが、反撃に出てカーティスやダニエルを訴えるような様子はなかった。二人とも、全て主人に命令されてやった、何も知らない、と主張した。

グレイリング夫妻はショックを受けて混乱のまま屋敷を後にした。ランブドンは頭蓋骨の骨折で病院に送られた。どうやらフェンが夫人に何枚かの写真を見せたらしく、あのおとなしい夫人がテーブルランプで夫の頭を力一杯殴りつけたらしかった。

扉に静かなノックがあった。廊下を歩くような音が何もしなかったので、心臓がどきっとした。

「どうぞ」

いつものように静かに、ダニエルが部屋に滑り込んで扉を閉めた。体を洗い、髭を剃り、服を着替えていた。きちんとした身なりをして、疲れきっていたが、美しかった。

「荷物を見つけたのか?」

「ああ、サービス通路に放置されていた。助かったよ。新しい衣装セットを買うなんて、予算にない」ダニエルはじっとカーティスを見たが、すぐに視線を外した。

「ダニエル……」

「君は安全だ」ダニエルは早口で言った。「誰かが何か言っても言いがかりのように聞こえるだろうし、僕の意見では誰も何も言わないだろう。責任は全て死者に押しつけられる。当然のことだ。堂々としていれば、問題はない」少しためらった。「よかった。君の人生は安泰だ」

「本当にそうならば、君のおかげだ。君が助けてくれたんだ、ダニエル」

「どちらかというとその反対の印象だけど」

「お互いを助けたんだ。少し時間はあるか？」

「十分くらいなら」ダニエルは小さくはかなげな笑みを見せた。「別れを言う時間くらい」

カーティスがその唇を親指で撫でると、ダニエルは顔をそむけたので、顔をしかめた。「私は別れなど言いたくない」

「どうせそうなる。ロンドンに、自分の世界に戻ったら。わかっているはずだ。僕と一緒のところを見られて君が気まずい思いをして、改めて別れようと言い出すより前に、友人として別れる方がいい。僕は今終わらせたい。まだ自分に力が残っているうちに」

「何？　ダメだ。君は約束した。約束したんだ――二週間経ってからとか色々――私だって君に約束した。今さら違うとは言わせない」

ダニエルは壁に寄りかかった。「僕の言うことを聞いてくれ。うまく行きっこない」

「君は今朝、写真についても同じような意見だったよな」

「ああ、でもあんな奇跡が何度起きると思う?」

「いったい何が怖いんだ?」カーティスが訊いた。

「怖い?」ダニエルが口をゆがめた。「僕が怖いのは、僕が君を傷つけることだ、このバカ。君が僕を通して傷つくことだ。君には、自分に正直でいることでどんな中傷に遭うのか、わかっていないんだ。友人だったはずが急に他人になったり、家族に無視されたり——君にはわかりっこない。クソ、僕は伯父さんたちがあの写真を見るかもしれないと思った時の君の顔を見たんだぞ!」

「ダニエル——」

「ダメだ。そんなことはできない。僕のせいで君がそんな目に遭うのは——耐えられない」

カーティスは手を伸ばしてダニエルの顔を手にとった。剃りたての肌が手に滑らかだった。

「私のことはもういい。君が本当に怖がっているのは何だ?」

ダニエルは目を閉じた。そして、静かに言った。「僕も傷つきたくない。これまで君ほど僕を傷つけられる人間に会ったことはないと思う」

「傷つけたりしない」

「それはわかっている」大きく息を吸った。「でもそうなると思う」

「違う。ダニエル——」

「イチモツを咥えられている時に、衝動に流されるのは簡単だ」声にいつもの刺々しさが戻っていた。「でも、噂が広がった途端に魅力が半減することを保証するよ」

カーティスの指はダニエルの顎を摑んで上を向かせた。「私を見ろ。私はあのケンブリッジのクソ野郎ではない。十歳は年上だし——」

「経験はあの時の彼から五年分は足りない」

「こういうことの経験はな。私は猥褻罪に問われるよりもよほど危険な目に何度も遭っている」

「危険ね」ダニエルの容赦なく言った。「君には金があり、伯父はサー・モーリス・ヴェイジーだ。議事堂の真ん中で大蔵大臣に後ろから挿入でもしない限り、君が監獄に行くことはないさ。切り抜けられることはわかっている。辛いのは噂話やひそひそ話、仲間から冷たくされたり、伯父さんたちと気まずく話したり、向けられる視線だ——クソ、君にはまったくわからないんだろ？　もし君が今揚々と踏み込もうとしている領域について、少しでも想像することができたら、お互いに傷つかないようにしようとしている僕は感謝されてもいい」

「ああ、わからないな。なので、感謝もしない。前にも言ったように、私は君の陰に隠れたりしない。私にも決める権利はある」

「それはこちらも同じだ。僕はもう終わらせることにする」ダニエルの顔は青ざめていた。

「君は僕を訪ねてはいけない、僕も君に会いたくない。君が自分を破滅させる原因にはなりたくないし、それで君が僕を恨むこともない。以上だ。そんな目で見るな」

「君は約束した」カーティスは言った。ダニエルが言ったことが本気で、説得されることはないのだという思いが胸の奥に広がり、絶望的な気分になった。「誓ったじゃないか――」

「南方野郎（ダゴ）の約束だ」吐き捨てるように言った。「信用できないさ」

「アーチー！」廊下から大きな声が響いた。伯父のサー・モーリスだった。

「頼むから、ダニエル――」

ダニエルは既に側を離れて、窓から外を眺めていた。

「アーチー！」

「ここです、サー」カーティスはかろうじて返した。

モーリス・ヴェイジー卿はつかつかと部屋に入ると、常に怒っているような形の濃い眉の下で部下と甥の二人を見た。

「ダ・シルヴァ？　休んでいるのではなかったのか。いったいここで何をしている？」

「もう充分休みました」ダニエルは上司に向かって眉を上げた。「あなたの魅力的な甥御さんと素敵な会話を愉しんでいたところです」

信じ難いことに、持ち札の中でも最もなよなよした態度をとっていた。カーティスは心配そうに伯父に目をやり、爆発が起きるのを待ったが、モーリス卿は気にする様子はなかった。

「バカな真似はやめろ。何をしている？」

「検死官の審問について話していました、親愛なるサー。哀れなジェームスに関して、話を合わせておいた方がいいかと」

「お前は審問には参加しない」モーリス卿が告げた。「まともな陪審なら見た目だけでお前を縛り首にするだろうし、それは無理もない。行け、出て行って、できることなら役に立って来い。私はアーチーに話がある」

「御意、もちろんです。サー。カーティス」ダニエルは振り向くことなく、腰をくねらせて去った。

「どうしようもない男色家が」モーリス卿は驚くほど感情をこめずに言った。「あれで私の捜査官の中でも優秀な方だとは信じ難い。とはいえ、今回の件では優秀と呼んでいいのやら」

「私のせいです、サー」カーティスは言った。「私が邪魔をした」

「その通りだ。ここに一人十字軍のつもりでやってくる前に、いったいなぜ私に話さなかった？」

「ラファイエットはもうあなたに会ったと言っていました、サー。あなたは信じなかった、とも」

「その通りだ。私は信じなかった」モーリス卿は唸った。「私がバカだった。何にせよ、死体が三つ――いや、四つか。ホルトくんの遺体が見つかる可能性は？」

カーティスはスーツケースを閉じた。「ありません、サー」

「よろしい。死体が三つと書庫いっぱいの裏切りと男色と不倫。お前にも沈黙していてもらわなければならない」

「何を言うんです、サー。そんなことは言われなくともわかっています」

モーリス卿は頷いた。「お前はジェームス・アームストロングの検死審問のために残ってもらう必要がある。裁判沙汰にするわけには行かない。ダ・シルヴァを追い出して、奴の登場しない話を作ってやる」

「彼にだって陪審にいい印象を与えることはできる」カーティスは言った。「あれがポーズだってことはあなただって知っているはずだ」

伯父は少しだけの愛情に、多めのイライラを混ぜたような表情を向けた。「お前が騎士道精神を発揮する必要はない、あれは女性ではない。あれを追い出したいのは別場所で仕事があるからで、この件に名前が出てもらっては都合が悪いからだ」

「仕事？　サー、彼は二日前に死にかけたんですよ――」

「それが奴の仕事だ。お前の仕事は当面知っていることを全て私に話すことだ。さぁ、集中しろ」

モーリス卿の尋問は気が狂うほど細部にまで及んだ。審問で訊かれるだろう細部へのこだわりに閉口して、あと一歩で全てを白状して監獄送りにしてくれと頼みそうになった。伯父と四時間部屋に閉じ込められた後、外に出ると、ダニエルは既にロンドンに発った後だった。伝言はなかった。

第十六章

ロンドンに戻れるまで十一日かかった。

審問は比較的単調に進んだ。カーティス、カルース嬢そしてマートン嬢はジェームス・アームストロングが友人の出発の後、激しく落ち込んで飲み過ぎていたことを証言した。カーティスは、酔ったジェームス・アームストロングが装飾塔に向かってライフルを連射し、義理の母を撃ち殺したため、残念ながら殺人を止められなかったもののやむなく撃ったこと、そしてヒユーバート卿が自らに銃を向けたことを説明した。証言は誰にも覆されることなかった。マーチはその場にも、審問にも登場しなかった。

グレイリング夫妻は青ざめた顔で唇を噛み締めて出席していたが、呼ばれることはなかった。ランブドン夫妻は現れなかった。ランブドン氏は頭の傷の経過が悪く、まだ意識が戻らないままらしかった。夫人は療養所で治療を受けているとのことだった。

ダニエル・ダ・シルヴァの名前は恐ろしい事件が起きるだいぶ前、ほんの数日滞在しただけの客として登場したのみだった。ジェームスの精神状態は友人のホルト氏の突然の出奔によるものと説明されたが、検死官にとって困ったことに、ホルト氏の行方は杳として知れなかった。このことについて検死官は盛んに文句を言った。

　カーティスがなぜ早朝、装塡された拳銃を持って散歩に出かけたかを説明するためにも、ヴェイジーは完璧な説明を用意していた。カーティスは右手を見せて、不自由な体に慣れようとしていたのだと語った。不具で片手の男が、野生の獣を標的に銃の訓練をするのは危険だと文句をつける者がいたとしても、検死官はカーティスの兵士としての輝かしい経歴を並べて、傷ついた戦争の英雄として紹介したので、何ら問題は起きなかった。どちらかというと全てが非常に気恥ずかしかった。

　さらに気分が悪かったのはその後だ。ヴェイジーはキャノンという名前の捜査官にカーティスを託して行ったのだが、キャノンは裕福な家族の殺人と自殺の噂が落ち着くまで九日間はその場を離れるなと告げ、さらにホルトやアームストロング家、ランブドンたちについて、覚えている限りの情報を何度も尋問を重ねて搾り取った。キャノンは既に長期間ホルトを見張っていたこと、その死によって脅迫のネットワークがどこまで広がっているのか、大陸のどこまで情報漏洩があったのか、探る機会が無くなったことを嘆いた。亡くなったのがダニエルで、ホルトが生きていた方が英国のためになったと言うにいたっては、カーティスは協力することを止め、家に帰りたいという希望を繰り返し伝えた。

　十一日間。ダニエルが約束を守っていたならば、カーティスは再び恋人に会える日を指折り数えていただろう。

　一人で夜の長い散歩に出て、延々と歩き続け、よくよく考え続けた。社会的な制裁を受け、伯父たちをがっかりさせたなら、残りの人生をどう過ごせばいいのか、考えた。モーリス・ヴェイジー卿を前に、たじろぐことなく、自分の元を去っていったダニエルを思った。

　今、ようやくロンドンに戻って、ホワイトホール近くの何の変哲もない建物の中、小さく風通しの悪い部屋で、テーブルを挟んで伯父と向き合っていた。

「うまく行ったようだ」モーリス卿が言った。「大きな影響は出なかった。ちょっとした波乱は起きたが、恐れていたほどではない。アームストロングの遺言については聞いたか？」

「はい」

「非常に幸運なことだ――」

「いいえ」

　モーリス卿は思案深げな視線を送った。「まとまった額になるし、お前が受け取りを拒むと、余計な問題が起きることになる」

「奴の金など要らない」

　アームストロングの遺言は財産の大部分を妻と息子に遺し、残りをジェイコブスダールの遺族や生き残りの間で均等に分けるようにと記されていた。そんな遺言を書いて、少額の金で赦されることを願っていたのかと考えると、カーティスは拳を壁にぶつけるほどの憤怒にかられた。

もちろん、少額の現金ではなかった。妻と息子が共に先に死んでしまったので、今や対象の遺産は借金を清算した後の全額だった。穢れた汚い金だったが、もし傷ついた男たちや死んだ者の寡婦や遺児たちがそのことを知らなければ、失ったものの代償として受け取ることもできよう。カーティスにはできなかった。

「そう潔癖になるな」モーリス卿は言った。「他の皆が取り分を受け取るのを遅らせたくはないだろう?」

「私の取り分は他の皆で分けてください。誰も気にしたりはしません、サー。私は既に十分裕福だ」

モーリス卿はあてつけるように大きなため息をついた。カーティスが裕福なのは、生後二ヵ月の時に孤児になって以来、モーリス卿が財産管理をしてきたからだ。「お前の財産は、私自身の利益だと思っている、アーチー。いつか素敵なお嬢さんを見つけて所帯を持とうと思った時には、きっと私に感謝する」

「今でも感謝しています、サー。私をここに呼んだのは、この件についてですか?」

「いや、違う」モーリス卿は腰かけ直すと、両手の指を伸ばして組み合わせた。「私は今問題を抱えている。お前なら助けてくれるかもしれない」

「喜んで、サー。一体何を？」

「喜んでいいかどうかは知らんぞ」モーリス卿は酸っぱい顔で笑った。「お前とダ・シルヴァがあの妙な塔にたてこもっていることがどうしてアームストロング一家にバレたか、知っているな？」

「ダ・シルヴァは外務事務所の誰かが漏らした、と言っていました、サー。何者かがピークホルムに電話して、あなたと話したことを全て彼らに知らせた」

「その通り」モーリス卿は熟れていないセイヨウスグリの実を食べているような顔をした。「誰かがダ・シルヴァを敵に売った。私はその正体がすぐに割れるだろうと思っていた。ところが、未だにわからない」

「誰が話したのか、わからないんですか？」カーティスは驚いて繰り返した。

「そうだ」

「私たちは殺されるかもしれないところだった」カーティスは伯父の落ち着きに合わせて自分の平静を保つのに懸命だった。「私が左手で銃を使えなかったら、ダ・シルヴァの頭の回転があれほど速くなかったら――」

「わかっている。でも、誰だかわからないのだ」

「彼を次の任務に送り込む前に、裏切り者の正体を暴く必要がある。そうですよね？」いつの間にか椅子から半分立ち上がって、身を乗り出していた。伯父が不思議そうな顔で見つめた。

カーティスは再度椅子に座ると、かろうじて笑みを浮かべた。「私にとっては大事なことです、サー。あの男の命を救うために二人殺した。それが無駄になるとは思いたくない」

「奇妙に思えるかもしれないが、私も同感だ」モーリス卿は組んだ手の指どうしを軽く合わせ叩いた。「ダ・シルヴァには問題が二つある。奴はすこぶる悪態を吐くのがうまく、そして、臆病者だということだ」

「そんなことはない！」カーティスはもはや伯父を気にせず、ほとんど叫んでいた。「聞いてください、サー、どうしてそんなことが言えるんです？　彼は丸腰で武器を持った三人の男に向かって行ったんですよ――」

「そう、丸腰でだ」モーリス卿は繰り返した。「銃の扱いを覚えようとしない。ナイフなど、もってのほかだろう。たぶん怒りで拳を上げたことさえないのだろう。勇気はあるが、身体的には臆病者だ。あの類いは皆そうなんだろう、たぶん」

カーティスはあの「類い」がダニエルの人種なのか、政治信条なのか、嗜好なのかはわからなかったが、気にしなかった。伯父に対しては深い愛情を持っていたが、この点については、地獄へ落ちろ、と思った。「勇気にも色々あります、サー。もし彼よりも優秀な人間が事務所にいるのであれば、是非会ってみたいものです」

モーリス卿はその言葉を無視した。「問題は、奴が自分の身を守れないことだ。それなのに、守るために人を送ることができない。信頼できる男がいないというわけではなく、誰も奴のあの態度が我慢ならんのだ」カーティスに斜めの視線を送った。「しかしお前は大丈夫のようだな」

「私は神経が太いのです、サー」

「そして、元来優しい」モーリス卿は珍しく本物の笑顔を見せた。「お前を見ていると、お前の母親を思い出す。あの娘は野良犬にさえ優しかった」

「私はそんなことはありません、サー」憤慨して言った。

モーリス卿は前のめりになった。「お前には仕事が必要だ、カーティス。私には信頼できる人間が必要だ。そしてダ・シルヴァには守ってくれる人間が要る。奴に託したい仕事があるが、危険が伴うかもしれない。お前に頼むべきではないかもしれないし、あの男に耐えられないと思ったら、任務を下りてもいい。でも、お前に仕事を与えたい」


カーティスは数時間後、ダニエルの住所が書かれた紙切れを持って事務所を出た。

直接訪ねるなどバカにもほどがある、と自分でも思ったが、ホルボーン方面に向かう乗り合いバスに乗った。まずは手紙を書くべきだ。時間を決めて会いに行くべきだ。相手に断る余裕を与えなくては。

ダニエルの意志が堅いことはピークホルムで嫌というほど聞かされて、神も知っていた。訪問は歓迎されないだろう。大英博物館の前でバスを下り、ブルームズベリの高級ではないものの立派な新築の建物の間を歩きながら考えた。ダニエルはプライドが高く、意見を曲げることは決してないだろう。一緒にいたいという自分の一方的な望みを押しつけるわけにはいかなかった。

それに、もし誰かが一緒にいたら？　不愉快な想像だったが、避けては通れなかった。ダニエルにはロンドンに恋人が、それも複数いても、おかしくない。

灰色のレンガ作りの家が連なる長い道を、乳母車や花売りを避けて歩き、そのことについて考えた。自分の心は決まっていた。そこに迷いはなかった。十一日間の休まることのない、延々と続く夜を、あの装飾塔での濃密な時間だけを頼りに、もう相手が自分を忘れかけているのではないかという不安と共に過ごしたのだ。でもダニエルの本心はどうなのだろう、何を求めているのだろう、本当に自分を思って身を引いたのか、経験の浅い暑苦しい男を鬱陶しく思ったのか、あるいはカーティス同様、二人の間に何かの絆を感じているのか。単に体だけでも心だけでもない何かを……。

本当のところはまったくわからない、ただ突撃するなんて自分はバカ者だ、と小さな下宿屋の玄関ベルを引きながら、カーティスは思った。頭のいい男ならもっと秘密裏に、熟慮の上、戦略を持って臨むだろう。まともな人間ならばただ訪ねるなんて真似はしない。

女主人が二階の階段上まで上って、扉を示した。ノックをした。中からたぶん悪態だと思われるかすかな声が聞こえ、明らかなイライラを伴って扉が開き、ダニエルが立っていた。シャツスリーブとウェストコートを着て、袖をまくっていた。髪にはオイルはついておらず、誰かが引っ張っていたかのように雑に乱れている。指にインクが付着して、細い金属フレームの眼鏡をかけていた。カーティスは眼鏡に心を奪われた。

ダニエルは二度瞬きをして、次の瞬間眼鏡を剝ぎ取った。「カーティス」後退して中に招き入れ、女主人を追い払った。「いったい何だ?」

「君に会いたかった」

「言っただろ。ダメだ」ダニエルは眼鏡をデスクの上に置いた。小さなパイン材のテーブルで、紙束が乗っていた。一番上のシートにダニエルのループする手書き文字が見えた。短い文章と消しては書き加えた跡があった。

「詩を書いているのか?」カーティスはすっかり心を捉えられて、尋ねた。

ダニエルはあてつけるように紙を裏返した。裏にも書き物がされていた。苛立った声を上げると、一番上に新聞を乗せた。「見られるのは好きじゃない」

「そうだな」カーティスは部屋の様子を眺めた。質素な部屋で、古びた家具に囲まれ、狭苦しかった。立派とは言い難い暖炉の中の石炭の量は少なかった。

「何の用だ?」意地の悪い訊き方だった。ダニエルは壁に肩をもたせかけると、胸の前で腕を組んだ。「訪問は歓迎しない、と伝えたはずだ……」

「これは仕事の訪問だ」

「本当？　僕がどこかに侵略戦争でもした？」

「君の仕事だ」カーティスは続けて、さらに追加した。「詩ではない方の」

「ああ、それはわかる、説明の必要はない。それが何だ？」

ダニエルに協力するつもりはなさそうだった。ならば、単刀直入に行こう。「君に知らせたいと思って。私たちは一緒に働くことになった」

これには壁が崩れた。ダニエルはカーティスを見つめた。「何だって？」

「一緒に働くんだ。伯父が私に頼んできた。君がケンカに巻き込まれた時のために、と」

ダニエルの表情は、今にもケンカを始めそうに思えた。「僕は子守りなど要らない」歯をむき出しにして言った。「相棒など要らない。欲しいと思ったことすらない」

「そうだな。伯父から君が既にその悪態で捜査官を三人も送り返したと聞いた」

「その通り。もちろん、汚らわしい男色家や汚いユダヤ人に関する意見を言うのは文化的な会話で、誰かの知性や体力に関して僕が意見を返すと、途端に舌禍扱いさ」

「私はそんな君の舌が好きだ」

ダニエルの眉が上がったが、そこにいつもの気取りはなかった。すぐに態度を戻した。「よくものうのうとそんなことが言えるな」

「違うんだ」カーティスは一歩前進して近づいた。「君に子守りが必要ないことは知っている。

でも伯父は私に君の近くにいる理由をくれた。君がいいと言ってくれれば」

ダニエルの暗い瞳は瞬きをしなかった。「君の伯父上しか知らない理由だ。そうこうしている内に、噂は広がる」

「君と友人になったことが知れたら、よからぬことを言われるかもしれない、と伯父にも言われた。私は構わないと応えた。気になんかしない」ダニエルは懐疑的な視線を送った。「本当だ。伯父もサー・ヘンリーも納得できる理由をくれたんだ。伯父たちにさえ説明がつけば、他の人間はどうでもいい」

「今はそう言うさ」

「君は隠れない」カーティスは言った。「改宗したっていい、地味な衣装を着てもいいし、本当は捜査官らしく話すことだってできるのに。君は自分ではないものになろうとしない。なぜ私にはそうしろと言うんだ？」

「もう三十年もそうやってきたんだろ」ダニエルが返した。

「そんなことはもう嫌だ。どうせ来るつもりだったんだ。サー・モーリスが話を簡単にしてくれた。ダニエル、私は君といたいんだ。もし手に入らないのであっても――」理解してもらいたい、と強く願い、黒い瞳を見つめた。「もう以前の自分には戻らない。私は人生を不透明な膜に覆われて生きてきた――まるで君のあの池の中にいたかのように。暗い水の中に。もう二度と水底に潜るつもりはない」

ダニエルは目を見張ると顔を背けた。皮肉な冷たい声で言った。「ほんと、詩はまるで君の分野ではないな。隠喩は僕に任せた方がいい」

殴られたように傷ついた。カーティスは相手を見つめると、話すのにはもう飽き飽きだ、使い慣れない武器を使って防御を突破しようと努力するのはもう止めようと思った。

「その通り。私は詩人ではない。ここから先は軍隊式で行く」

「な――」ダニエルは何か言いかけたが、カーティスが目前まで迫り、左手を持って腰に押しつけられ、もう片方の手首を強く摑んだため、くぐもった悲鳴を上げた。九十キロの重い筋肉がのしかかり、壁に押しつけられた。

ダニエルが睨みつけた。「いったい全体何をやってる？」

「君を黙らせる」カーティスは言って、力任せにキスをした。

唇に対して抗議の音を上げ、ダニエルは本気で抵抗しているようだった。役には立たなかった。カーティスには数倍も力があり、キスをしながらではなかったが、抵抗する男を何人も押さえつけてきた経験があり、暴れるダニエルを簡単に抑えて、悪態を吐く唇に口を覆いかぶせた。もがき回るダニエルの腰と自分の腰がぶつかり、カーティスはわざと体を近づけた。

ダニエルは口を何とか逸らすと、かろうじて言った。「……このクソバイキング！」

「ブラックマンバだな」

「ブラック何？」

「蛇の一種だ。暗い肌の、美しくて性格の悪い蛇」

「この野郎」

ダニエルがカーティスに飛びかかった。再度口が重なった。きつく、飢えていた。カーティスは手加減することなく、ダニエルの凶暴な応答で相手の唇に歯が食い込むのを感じた。太ももにあたるダニエルの硬直を感じて、その動きは今や自由になろうというよりはお互いに体をこすり合わせることが全てで、まるきり経験がないのでどうしていいかわからなかったが、相手を持ち上げて、ベッドの上に投げて、硬い防御の壁を永遠に崩すことができるよう、大きな悲鳴を上げさせるようなことをしたいという衝動にかられていた。そのためにどうしたらいいか、絶対に方法を見つけ出すつもりだった。

腰を突き出し、ダニエルを壁に押しつけて、口の中で聞こえる喘ぎに歓喜した。

「待った(バックス)」ダニエルが絞り出し、横を向いて息をした。「ちょっと待った。わかった。だからどうだって言うんだ？　君が僕よりデカいってことか？」

「君も僕が欲しいんだ。まだ終わりじゃない」カーティスはダニエルの腕を掴む力を緩めて背を反らせ、傷ついた唇と底の見えない瞳を見た。沈黙と荒い呼吸のひとときがあった。

「今のは」ダニエルがようやく言った。「紳士的ではなかった」

「君がなるのなら、私も紳士になる」

激しい呼吸の合間で、二人は見つめ合った。ダニエルの髪の毛が一束、目の上にかかっていた。カーティスは指先で軽く触れて退けると、ダニエルがほんの少し前に動くのを、見るというよりも感じた。

少し柔らかな声で言った。「私は本気だ。こうなったことに感謝している」

「頼むから」ダニエルは吐き捨てるように言った。「僕が何か君のためになるようなことをしたように言わないでくれ」

「したんだ。君にはわからないかもしれないが。聞いてくれダニエル。私は君が欲しい。こんなに誰かを欲しいと思ったことは人生で一度もないし、もう二度とないかもしれない。君と議論して、笑わせて、私を笑って、一緒に笑いたい。君の呆れた言葉や近代的なナンセンスを聞きたい。でも君が本気で嫌だというのなら、諦める。そうしなければならない。でももし君が私を追い返すのなら、君自身のためであって、私のためであっては欲しくない。私も子守りは要らない」

しばらくの間、完全な沈黙が訪れた。

ダニエルは震える手の付け根を目にあてた。「一緒に働くことはできない。絶対にだ。赤ん坊扱いはさせないし、君はどうせその巨大な足で辺りを踏み散らかすだけだ」

カーティスは少しの間言葉の意味を考えて、ゆっくりと悦びを感じた。「わかった」

「それから、これは僕のせいじゃない。君が自分の人生をめちゃめちゃにしたいのなら、僕には止められない」

「そうだ」今やカーティスはニヤニヤを止められなかった。「君っていつもこんなに気難しいのか？」

「ああ」

「今後は私のために物事を簡単にしてくれるつもりはあるのか？」

「たぶんない」

カーティスは指先でやさしくダニエルの顎を上げ、瞳を見つめた。「キスをしてもいい？」

「今しただろ」

「ああ。でも、いいかい？」

「まったくこのバカ」ダニエルはカーティスの髪の毛を一房掴むと頭を引き寄せて焦れたように唇どうしをぶつけた。カーティスは唸り声を上げ、細身の男の体に腕を回し、その力でダニエルが前のめりになるのを感じた。さらに強く抱き締めて、喘ぎ声が漏れると、もうダニエルにキスすること以外何も考えられなくなった。舌が相手の口の中を探り、唇と歯を感じ、手がその細い体中を触った。今まで意識しなかったほどの必死さでダニエルを貪り、何日も恋い焦がれた相手を腕に抱いたが、ダニエルが何か言おうとしていることを感じて渋々と唇を離した。

気がつくと、引き出し付きのチェストにもたれかかっていた。ダニエルはその上に座り、カーティスの腰に脚を、背中に腕を回していた。どうしてこんな体勢になったのか、よくわからなかった。

ダニエルはカーティスの目を見るために頭を反らした。「僕は君を遠ざけようとした、そのことはしっかり記録に残せ。何も約束して欲しいとは思わないし、僕も約束しない」

「何も期待していないよ、このわからずや」

「黙れ。僕は本当に君に来て欲しくなかったんだ」前のめりになって、カーティスの胸に頭を預けて囁いた。「でも、来て欲しいと夢に見てた」

カーティスは髪の毛を撫でた。「君の後を追うのは初めてじゃない」

ダニエルの頭が肋骨の上で重かった。「神さま、アーチー。僕のバイキング。君は僕をどんな腑抜けにしたかわかっていないんだ」

「本当に面白いことを言うな」かすれ声で言った。「その口を愛さずにはいられない」

ダニエルが小さく、クスクス笑った。「君は常に我が道を行く、だな」

「君こそ」乱れた黒い髪にキスをした。「そのままでいて欲しい」

ダニエルの腕に力が入った。「でも君を危険な目に遭わせるわけにはいかない。注意しないと。君の人生をひっくり返すわけにはいかない」

「君が私の手を握って兵士に関する猥褻な冗談を言った時、既にひっくり返っているよ」

「あれはただの挑発的な表現だ。挑発的」

「君が言うと、猥褻だった」

ダニエルはいつものようにニヤリとした。「それを言うなら……」カーティスの髪に手を通し

ながら言った。「大男が詩を読む姿が世界で一番刺激的だなんて、思ったこともなかった。君のことを何時間でも見ていられたよ。君のために、あの時あの場で跪いてもよかった」

カーティスは生唾を呑んだ。ダニエルの笑いは今や不道徳なものになっていた。「そんなわけで……僕が恋しかった？」カーティスのウェストバンドに手が伸びた。カーティスは自分の手で動きを止めた。

「ちょっと待って。私と仕事をしてくれるかい？　一緒に？」〈君を守らせてくれるか？〉という思いが胸の底に溢れたが、言葉にはしなかった。

ダニエルはしかめっ面をした。「君は伯父さんの下で働きたいの？　本当に？」

「私は君と一緒に働きたいんだ」前屈みになってダニエルの耳の上にキスを置いた。「いいと言って」

「試験的にだ。義務は一切なし」

「もちろんだ」カーティスは今にも破顔しそうになるのを堪えた。

「それから、警報を鳴らすのももうなしだ。僕の神経が耐えられない」

「すまない」

「それから、もし同じ状況になったら、次回は君が僕のモノを咥える番だ」

「公平だ。それまで待たないとダメかい？」

「そうだな、君には練習が必要だ」ダニエルの唇があの秘密めいた微笑みの形になり、今回ばかりはカーティスにも言っている意味がわかった。「見て、学びたまえ」ダニエルは空間を作るためにやさしくカーティスを押し、するりと優雅に跪いた。「見て、学べ」

イングランドを想え

初版発行　2020年７月25日

著者　KJ・チャールズ［KJ Charles］
訳者　鷲谷祐実
発行　株式会社新書館
〒113-0024 東京都文京区西片2-19-18
電話：03-3811-2631
［営業］
〒174-0043 東京都板橋区坂下1-22-14
電話：03-5970-3840
FAX：03-5970-3847
https://www.shinshokan.com
印刷・製本　株式会社光邦

◎定価はカバーに表示してあります。
◎乱丁・落丁は購入書店を明記の上、小社営業部あてにお送りください。送料小社負担にてお取り替えいたします。
但し古書店でご購入されたものについてはお取り替えに応じかねます。

Printed in Japan　ISBN 978-4-403-56042-2